sempé.

童年

ENFANCES

和马克·勒卡尔庞蒂耶对谈

[法]让-雅克·桑贝 著/绘 黄荭 译

上海译文出版社

《巴黎竞赛画报》，1959

“闭嘴！别白费唇舌了。既然昨晚你们把我的眼镜弄坏了，你们就别指望去游泳了。”

《笨拙》[1],1958

“你们的老爸和我不得不出去一趟。答应我，要凶一点。”

1.《笨拙》：英国老牌幽默插画杂志之一，刊名的意思是“猛击”，但国内近一个世纪以来约定俗成音译为“笨拙”。本书的脚注全是译注，特此说明。

《笨拙》，1958

《周六晚报》，1956

“他又干了什么！”

VANDERCOOK

《嘉人》，1959

《笨拙》，1959

“我相信他们已经找到了可以跳好几次的方法！”

《多菲内报》，1958

1

2

3

《巴黎竞赛画报》，1959

《这里—巴黎》[1]，1957

“我们找的是孩子！……”

1.《这里—巴黎》（*Ici-Paris*）：创刊于 1941 年的一份法国知名周刊。

《周六晚报》，1958

1

2

3

4

5

《巴黎竞赛画报》，1957

《洛林共和报》，1962

"我觉得要求孩子们列队一直到走出校门的规定蠢透了！……"

sempé

长期以来，让—雅克·桑贝都睡得很晚。在波尔多，打小开始，每天夜里，他都试图用听广播来平息晚上父母吵架给他造成的内心焦虑。只有听着雷·范图拉[1]乐队的演奏，他才能逃到想象之境，给自己创造出一个个平行世界，畅想未来，只有这样，面对令他绝望的苦痛现实时，才会心生一丝安慰。

今天，这是他亲口说的，一切也让人信服：尽管他不遗余力地努力长大成人，让—雅克·桑贝从来没有放弃“走神”这一可以让他“随时在别处”的特异功能，甚至当他给你一种很礼貌的在场的印象的时候。

这种秉性的人多半不会活得很容易。但读者不能不庆幸正是这种不合时宜的禀赋让他忽视了自己做牙膏粉推销员和葡萄酒掮客的才干，而是潜心画幽默漫画，跟着他所欣赏的美国漫画大师的足迹去探索绘画之路。

桑贝画的孩子什么年纪的都有：常常是些小女孩，有时也是小男孩，不过也可能是一个梦想飞翔的高管或一个骑单车从菜市场回来的滑稽可笑的家庭主妇。

有时候他笔下的人物会无聊，过于程式化的生活限制了他们想象的热望，但我们可以感觉到，在任何时候，他们都能忘却此刻沉重的现实。想象自己是空地上驾驶一辆老爷车的车手，或者是在草地上奔跑的法国足球队中锋，他们不会摆出大人们那副说教的、讨厌的面孔。他们知道如何在走神的一刹那，从一个残酷的世界中逃离。

不管他们是害怕自己的影子也好，在沙滩上奔跑也好，想着调皮捣蛋也好，桑贝笔下的孩子们——从我们惊喜地发现他早期的漫画开始——诉说的，显然是无忧无虑的纯真年代的美好。

那是一面面精心摆在我们太过严肃的灵魂跟前的哈哈镜，它们邀请我们，用温柔而敏锐的目光，去看人间百态，那一刻的悠闲自在。

马克·勒卡尔庞蒂耶

---

1. 雷·范图拉（Ray Ventura，1908—1979）：法国爵士乐团的领袖人物，大乐队时代著名的指挥家、作曲家，对法国爵士乐有着巨大贡献。

sempé

“不过，就当我什么都没说。”

和马克·勒卡尔庞蒂耶对谈

马克：您记得自己还是宝宝时的情形吗?

桑贝：是的，很清楚，要不，也可能是别人告诉我的，我记得自己是波尔多……最美宝宝!

马克：波尔多最美宝宝?

桑贝：是的，曾经有过这样的比赛。母亲带我去的。在当时，一个漂亮宝宝简直可怕，那是一个肉嘟嘟的小屁孩儿，因为喝了营养太足的牛奶沉甸甸的。婴儿长得越丑越肥，大家就说他越美。这个头衔就这样落在我头上，我被选为波尔多最美宝宝!我长得就像白乎乎的米其林轮胎人一样，又肥又软，丑陋无比。而且是金发碧眼!不过我最后落选了，因为我身上有被跳蚤咬过的红点点，大家以为我得了猩红热或水痘。母亲非常非常气恼。是的，我当初是个丑八怪，但在您面前的，的确是……当年波尔多的最美宝宝。不过是落选了的。

马克：或许您有别的童年回忆，不那么心酸的……

桑贝：谈不上有别的，可惜了！我的童年并不是很开心。甚至可以说，它是凄惨的，有点悲剧意味……我父母真的已经尽了穷人家长所能尽的义务。我对他们没有埋怨，一秒钟也没有，能做的他们都做了。不过我想说的是，当我看到小伙伴的妈妈拥抱他的时候，我的心都化了，因为我从母亲那里得到的一切只有耳光！我母亲有句话常挂在嘴边，我可以用波尔多口音学给您听："来，过来，让我赏你一巴掌，墙会赏你另一巴掌。"换言之，她的耳光扇得那么用劲，我的头撞到墙上，就像一共吃了两记耳光一样，一下……是打过去……

马克：……一下是撞回来……

桑贝：（笑）是的，就是这样！哦，不过这只是鸡毛蒜皮的小事一桩。不，不，我的童年一点都不有趣。肯定是这个原因我才会那么热衷开心的事情。

马克：具体说来听听，事情是怎么发生的?

桑贝：是这样：我父亲，桑贝先生，我很喜欢他……我很喜欢桑贝先生，他是我的继父，但我从来没能向他表达我对他的好感。我来告诉您为什么：因为我母亲对他很不满，因此她不许我喜欢他，这让我很难过。我喜欢这个男人。他并不是一直都和蔼可亲，但我喜欢他。不过，是的，他有一个不幸的坏毛病：喝一丁点儿酒就醉。他是代理商。他卖小罐的肉酱，诸如此类的东西，有时候，当他成功地卖出三罐金枪鱼、两罐沙丁鱼、一罐凤尾鱼给一间杂货铺，他就去附近的酒吧庆祝一下，喝上一小杯开胃酒。但对他而言，开胃酒他也无福消受，他的身体根本受不了，这从他的眼睛里就能看出来。我亲眼见过，亲身领教过，看他坐在桌前喝一杯开胃酒……

马克：然后就不行了……

桑贝：是的。完全不对头了。眼神都变了。他不是烂醉如泥，完全不是。他不过是变了一个人。而他，可怜的人儿，他又抵挡不住酒的诱惑。我常常想他是怎么做到的，当初他总是带着样品骑自行车出去，我常常想他是怎么做到不三天两头摔得鼻青脸肿、不被电车轧死的。我不知道。他是个高手。

马克：不过他回家的时候有点……醉醺醺?

桑贝：是的。有一个时期，我过的是一种备受煎熬的生活。我感觉自己有点通灵。一个通灵人在我家发现我有这个特异功能，跟我解释说我是通灵的，而我自己对此一无所知。不过我知道为什么自己会通灵。因为我接受过非同寻常的训练。不是我自觉自愿的。是这样：每天，就在下午三点三刻，我能预知当晚我父母会不会大吵一架。而他们吵架从来都不定期。有时候是歇三天吵两天，也可能是连吵

三天之后暂时安静两天。从来不定期，主要是看这位老实巴交的桑贝先生在郊区的杂货铺卖出了多少货。他的小箱子里有沙丁鱼、凤尾鱼、金枪鱼罐头，醋渍小黄瓜罐头……

马克：这个您能预测?

桑贝：我不知道为什么：就在三点三刻，我会心头一震，我能感觉到将有事发生。当我感觉将有事发生的时候，我父母必定会大吵一架，我从来都没有猜错过。不过有一天，我猜错了，那是幸福的一天。三点三刻，我感觉到将有事发生。那显然，我的神情黯淡下来，心不在焉，不再嬉笑打闹。我待在那里，默默忍受，默默等待，然后回到家中。啊，我不再是小伙伴们喜欢的开心果了……我回到家……挂钟上的指针在转。让人哭笑不得的是，挂钟上有一句金鸡纳的广告。金鸡纳是一个开胃酒的品牌，因此看着这个挂钟心里一直在想：“如果父亲喝了这著名的金鸡纳酒，今晚会发生什么呀？”这是一个蛮搞笑的场景。

有一天，三点三刻，我感觉到将有事发生，我吓坏了。我回到家，很悲伤，挂钟的指针转啊转……当父亲晚上八点以后才回家，那势必会有一场争吵，他肯定是跟一两个朋友去酒吧喝一两杯开胃酒而耽搁了。他目光恍惚，神色异常，脚步虽不踉跄，但走路轻飘飘的，停自行车也有点费劲。

是的，指针在转。八点：不见桑贝先生的身影。八点一刻：不见桑贝先生的身影。我心想，肯定要大发雷霆大吵一架了。我忍着。我伤心得要死。八点半：父亲回来了，精神抖擞，贝雷帽戴在头上。他把自行车停好，屋内有一个台阶，他把自行车停在台阶上。母亲对他说：“可是，我还以为……”她本想对他说：“我还以为你又喝醉了。”然后就准备大吼大叫；整个街区的人都知道，这让我无地自容……不，不是这样。他对她说：“可是什么？”他的样子再正常不过了。

我呢，开心坏了，首先是因为父母那天没有吵架，其次是因为我暗地里想：好了，我的厄运结束了，我不再有未卜先知的特异功能了，太好了。我们度过了一个平静的夜晚，那是我这辈子度过的最美好的夜晚之一，一个正常的夜晚……哦，或许我会挨一两个耳光，可是没有，没有，一切都进展顺利。

第二天，三点三刻的时候，我又感到心头一震。我觉得好笑。我还能收到这种通灵的预示，不过你们肯定以为我在开玩笑，我对自己说这没有任何寓意，一切都已经结束了。我已经摆脱了厄运，昨晚就是明证。我继续在学校嬉笑打闹，我欢快雀跃地回家，一切正常，我很开心，我知道是我的直觉错了。才不是呢。指针转到八点，八点十分，八点半，父亲回来了。贝雷帽有点歪。眼神有点呆滞，说话也有点含混。马上父亲和母亲开始大吵一架，又一次，他们把能摔的都摔了，盘子、杯子……而那时，我绝望了。因为父母的争吵，当然了，但更因为我自以为已经摆脱了这一可悲的天赋异禀，其实没有，我并没有摆脱。

马克：因此您继续未卜先知。

桑贝：那一次只是一个例外。

马克：证实屡试不爽的规律……

桑贝：唯一一次不灵验……但只有那一次是例外。

马克：您对您家还有记忆吗？

桑贝：我们住过很多房子和公寓！我们常常搬家，因为我们赖房租……

马克：不过在不同的住所里，您都有一个自己的房间？

桑贝：到了一定的年纪，是的，我有一个自己的房间。

“是的，我知道，我知道！你已经跟我说过六遍了：一艘货船翻了，船上运的羊毛也泡汤了，你想让我干吗呢？”

马克：有一个房间，就可以躲躲清净……

桑贝：你以为呢！就我父母闹出来的那动静，得有配卫兵的爱丽舍宫才能躲清净……不过，要知道：我说归说，我不怨他们。他们已经尽力了。是我就这样闯入了他们的生活，我是一个私生子。这不是我的错，但也不是他们的错。我妹妹，后来我才知道她是我同母异父的妹妹，我弟弟，后来我才知道他是我同母异父的弟弟，他俩都容易发神经，我必须照顾他们，安慰他们。我是长子。但家里一直吵闹不断。是的，简直就是地狱。

马克：您父母也用同样的态度对待您两个同母异父的弟弟妹妹?

桑贝：不一样。被训得最惨的那个还是我。

马克：您记得您和您两个同母异父的弟弟妹妹之间有默契吗?

桑贝：啊，有！

马克：兄弟姐妹之间的默契……你们可以一起干傻事……

桑贝：我们住的地方离一个花园不远，是波尔多的一个公园，我和弟弟我们经常去那里玩。在花园里，我有一个无法摆脱的困扰，那就是生怕人们以为我没有小伙伴。我希望那些太太们打毛线只管打毛线，看自家的孩子就看好自家的孩子，看到我从他们身边经过的时候，并不知道我是孤零零一个人跟同母异父的弟弟出来玩。我们有一堆小伙伴，我希望大家对此深信不疑，有时候这让我同母异父的弟弟觉得我是一个疯子，因为当我从一群大人身边经过的时候，我会突然喊道："他们来了！"然后我就拖着我同母异父的弟弟狂奔。"他们来了！"意味着其他小孩会来追我们，但其实没有人追我们。但我很开心：我心想，那些大人们一定相信了，相信我有一堆小伙伴。

马克：您自己即兴导演的这出戏会让您活得更自在吗?

桑贝：啊，会啊！

马克：您给自己想象了另一种生活?

桑贝：正是。

1

2

3

4

5

马克：因为现实让您感到羞愧？

桑贝：有点儿。我给您举一个让我感到很难受的例子。我在两个地方踢足球。一处是一个少年之家，那里的人认识我父母，另一处是学校，那里的人不认识我父母。在学校，我踢得还不赖，而在少年之家我踢得很臭。为什么？原因很简单：我一直在撒谎。我跟您讲过，在某个确切的时间，我会预知家里是不是会发生一场争吵。从那一刻起，我就不清楚具体是几点钟了，只知道足球赛已经开始了，所以应该是下午三点一刻到三点半的样子。从那一刻起，我就跑不动了，我感到头晕，足球打在我脸上，我摔倒了，我再也不知道自己身在何处，我完全蒙了……

您以为我跟小伙伴们会怎么说？说我是故意的……说我不想跑了，我根本就瞧不上，不过是个愚蠢的游戏，等等。我撒谎，我想给人一个印象就是我完全无所谓，而事实上，我非常热爱足球。从那一刻起，我完全蒙了。

马克：那样说是出于极度的自尊……

桑贝：过分的自尊。不过也是，我还能怎样？……我睁眼说瞎话，一直在撒谎。有时我会跟小伙伴们讲述我和父母度过的美好夜晚，而事实上无非是一场地狱般的争吵。

马克：您可以接受这样的父母吗？

桑贝：接受？我受到了极大的打击，就在当天晚上他们就吵得不可开交。我呢，我接受我的父母。但让我感到可怕的，是他们摔东西，什么都摔。他们吵架，而我要保护我同母异父的弟弟妹妹，有时还有我那位大呼小叫、喊救命的母亲。让我烦恼的就是这些。至于其他，可怜的父母，我对自己说：“他们已经尽力了。”我只是有一点点抱怨我的母亲，她一发起神经来就会让我父亲失去理智……

马克：甚至是当他处在正常状态的时候？

桑贝：当他处在正常状态的时候，我母亲就会指责他两天前不正常的状态……

马克：是不是可以说，且不去评价您的父母，说到底，您感到很羞愧？

桑贝：啊是的！啊是的，我感到羞愧，也的确有让人感到蒙羞的地方。当初的确有。当我母亲在小区开始大喊大叫，的确是让人感到羞愧难当，这是肯定的。

马克：您读书的学校接收不同社会阶层的学生吧？当时的公立学校都那样，有富人家的孩子，也有穷人家的孩子。这种贫富差距让您感到难受吗？

桑贝：我有感觉到，是的。也就是说我整个童年，我都听母亲在指责我父亲除了他那份可怜的小差事找不到其他的工作。我想象小伙伴们的生活，他们的父亲有一份正当的职业，不管是什么职业，都应该是一种美妙的生活，而我，我的生活里只有吵架、争执，总是负债累累，总是忙不迭地搬家。

《嘉人》，1956

"我仔细数了：我才教训了六个。哪两个在演戏？"

马克：您会不会觉得如果家境宽裕一些日子就会好过一些？出身在您那样的家庭或出身在波尔多的富裕家庭，会不会有所改变？

桑贝：跟人们所说的相反，穷人有很多借口，要比那些不是那么贫穷、不是那么一无所有的人更加冷酷无情。人们总以为穷人会互相帮助、互相尊重，等等。完全不是。他们由衷地互相憎恨。而且言不由衷……那是很可怕的。

马克：您生活的街区算是一个穷人区?

桑贝：穷人富人都有。混居在一起。我们搬家搬得太勤了!

马克：当您搬家时，那就意味着您失去了您的小伙伴们?

桑贝：不会。我们留在同一个街区。我留在同一所学校。在少年之家，我有同一帮小伙伴。我做梦都想拥有一些对我一无所知的新朋友。

马克：搬家本可以是一种愉快的经历……

桑贝：是的。不幸的是，它并不是。

马克：在家里是否有过幸福的时刻?

桑贝：(沉默。)我的上帝，太难回答了。(沉默。)哦……应该有，因为我记得自己有这样想过："要是能更经常这样就好了"，所以是的，应该有过幸福的时光。

马克：不过不是温情或默契之类的?

桑贝：那真是对他们要求太高了……只要家里太平，就已经不容易了。

马克：有时候您的内心是不是足够强大，就算他们大喊大叫、大吵大闹您也可以置身事外、不闻不问？

桑贝：啊是的！不是内心强不强大的问题。可以说我足够强大，足够（沉默），足够机灵能应付。啊是的！有时候我甚至会狂笑不已。

马克：在家里闹成一团的时候？

桑贝：是的，是的。所有人都在哭。所有人都在大喊大叫，这一切在我看来是那么荒唐那么奇怪，有时我会狂笑不已，心里暗想："我是在一群疯子的家里！他们全都疯了！"

马克：因此，有时候您会跟这一切保持一点距离吗？

桑贝：有时候我会发笑，但我还是非常不幸福。尤其是当我去少年之家的时候，我看到那个小伙伴，我知道他都说了些什么，昨天他听到我父亲和母亲大吵一架……

马克：您很在意别人说什么？

桑贝：啊那当然了！

马克：因为有些人完全不把"别人会怎么说"放在心上……

桑贝：您相信人们可以看到父母吵架而不放在心上？我不相信。有一天，吵得不可开交的时候，我可怜的母亲开始大叫："让诺！（让诺是我）让诺，快来，快来，他要杀死我了！"于是我赶紧过去，我看到父亲——可怜的人儿，我的上帝，想必他是对的，她已经把他逼到绝路——正在给她几个大嘴巴子！尽管她是自找的，我到了以后，我还是坚决捍卫我的母亲，毕竟父亲是个四十五岁的壮汉。嘭！我抄起一块木头就朝他打过去，为了解救母亲，父亲头上挨了一板子，气得要死，盛怒之下壮年的他狠狠地一拳打在隔板上，隔板上都打出了印子，我不知道他是如何没有弄伤自己的手的。而我呢，无比幸运的是，我头一低躲过了那一拳。否则，我的脑袋就被打开花了！

您能想到我之后经历了什么？我母亲发话了："你知道你都做了什么？你竟然打你父亲。"我在花园尽头一个放工具的棚屋里过了几天。母亲把我关在那里为了惩罚我。啊，太奇怪了！我现在还在想，我当时是怎么活下来的，那简直就是个奇迹。

《这里—巴黎》，1957

“算术0分！……地理0分！……法语0分！……历史0分！……噢，这里居然有个二十！这是什么？捐款二十法郎！！”

马克：总是用同样的方法，想象属于您的世界？

桑贝：事实上，这让我在有些方面保留了纯真。我要告诉您一件趣事，事情本身没什么特别，有一天，我有了一件新衣服，一件外套。我觉得那是世界上最美的外套，我当时十八岁，我真心感到奇怪为什么在街上没有人拦住我问：“哪里可以买到一件一模一样的外套？”就是这样。是啊，那是一个非常美妙的感觉，美妙的印象。

我很开心，因为对我而言，一件漂亮的外套可以参加洗礼、婚礼、葬礼，甚至是晚会，我当时不知道晚上应该穿深色服装。对我而言，这件外套什么重大场合都可以穿。可以说，我并没有受到某些风俗习惯的束缚。我不知道有这些约束。同样，我丝毫不受嫉妒心的侵扰。我认识的人当中有一些有了汽车。对我而言，有车很了不得，就像人们跟我谈论一部好莱坞大片。那是电影，那是另一个世界。那是另一个并不会让我艳羡的世界，也不会引起我的反感，不，而是别的感受。

与此同时，我又执意要学吻手礼，我觉得它很优雅。您一定在心里嘀咕，我生活的那个环境也不怎么能用上吻手礼吧！我呢，我坚持衬衫一定要露出袖口两指的长度，领带结一定要打得一丝不苟。我总是系领带。有一天，我也不知道从哪儿找来一个领带夹。我得意极了！

马克：您常常说谎。谎言会让生活变得更加错综复杂，不是吗?

桑贝：是啊。常常会让生活变得复杂。但有时候不说谎不行……我来跟您讲一段痛苦的往事。学校有所谓的募捐活动。我不记得是为了什么要捐一笔钱。我知道父母没有钱。于是我拖到最后，在学校我被臭骂，因为我没有捐款。最后，我壮起胆子跟母亲要捐款的钱。总是闹得不欢而散。不过有一天，母亲找到一些旧硬币，应该是她以前攒的，只是这些硬币已经不再流通了……我把这些旧硬币带到学校。而到了学校，我让人以为我是故意带一些不再流通的旧硬币来的。于是，我受到了惩罚，我自找的，不过我是在抖机灵。

马克：您一直感觉自己在抖机灵吗?

桑贝：（沉默了很长、很长一段时间。）不。完全不是。完全不是。

马克：因为“机灵”这个词蕴含了各种不同的意思……

桑贝：比如，我为自己无法克服的腼腆感到很难堪。但更是因为，我必须明确地说，因为我超级多愁善感。有时候到了可笑的地步。比如：在我南方的家里，有一年夏天，我注意到有一只马蜂——我不是很喜欢马蜂——它从很远的地方飞来，停在檐槽的沿儿上，在那里，待上一会儿，因为它累了，我不知道。我走进黑乎乎的厨房，在昏暗中，我从一个一直都盛着水的锅里舀了点水，然后去檐槽底下歇着。就在那时，我看到它飞走消失了，我不知道它要去哪里。但它离开的时候挺笨拙的，因为我也不知道它怎么弄的，走的时候浑身都是水，一大滴水想必会让它的飞行变得很沉重。它几乎都在固定的时候飞来，这只马蜂，我不知道它从哪儿来，但我注意到了它。

有一天，我看到它飞来，它停在小厨房的檐槽边，那时候檐槽都很矮，而且黑乎乎的，它钻了进去。我呢，我本来打算喝杯咖啡的。我拿了锅，放了咖啡加热，显然，咖啡正在沸腾。

咖啡是黑色的，不过水，当锅里放了水，锅也是黑色的，因为厨房很暗。马蜂飞进来，四处乱撞，然后朝滚烫的黑水一头冲过去。我听到“嗞”的一声，它瞬间就送了命。

我呢，完全蒙掉了，我把马蜂从咖啡里捞出来，把它放在厨房的案板上，努力展开它的翅膀，可是，它已经死了，它已经猝死了。

我很绝望，我做了很多努力，动动它的爪子，我感觉自己在给它做某种人工呼吸，我在它身上花了很长时间，因为一想到这只定期来造访的马蜂死了我就受

不了。我和大家一样，我并不是特别喜欢马蜂，如果它是一只蜜蜂或许别人更能理解我的心情，而它是只马蜂。不过，尽管我做了种种努力，它还是没有活过来。

我不明白，我心想：几秒钟之前一切还好好的。它到底发生了什么？我冒着被蜇的危险，摆弄它的爪子、它的翅膀。没有任何反应。我做这种人工呼吸真的做了好长一段时间，直到我意识到已经于事无补了。好吧，不管您信不信我说的，突然，我失声痛哭，我想到正等着它飞回去的小伙伴们，我埋怨自己，干吗要在这个昏暗的小厨房里给自己煮一杯这么烫的咖啡。

可怜的马蜂没有分辨出滚烫的咖啡和黑乎乎的冷水之间的区别，而且咖啡还在沸腾，肯定不会好喝了。是我害死了它。我无法释然。是的，这个马蜂的故事很可怕，我真的感觉自己是和死神在一起，死神进了屋，就在那里，对这只马蜂下了手，而我难辞其咎。我哭得很凶；不停地想到其他马蜂在交头接耳：咦，它今天迟到了，它不应该迟迟不来的，它发生什么事了？而我，我很清楚它再也回不去了，它不会再背水回去，我哭得很伤心，根本就停不下来。

第二天，不可避免的悲剧发生的第二天，我看到一只非常美丽的蝴蝶在游泳池里就要淹死了。天气很热。我赶紧过去，扑到冷水里，我当时挺怕自己一时适应不了冷水会淹死，我成功地把蝴蝶捞起来了，把它放在游泳池边上，我救了它。就在这时，我一回头，看到我刚才跑过来的时候踩死了十几只蚂蚁和另一只蝴蝶。我飞奔过来的时候并没有注意到，就这样我无意间踩死了好多昆虫，这件事也让我无比沮丧。

尤其是这只愚蠢的蝴蝶，我原以为它要死了，再也不能飞了，谁料到它的身子一吹干，翅膀不再湿哒哒粘在一起，这只蠢货展翅又飞到游泳池里去了。这时，我已经厌烦了，我就随它去了。但我向您保证，当时我真的非常震惊，非常沮丧，我看到被我踩过的几只蚂蚁还在那里挣扎，我把它们都踩烂了，还有另一只蝴蝶。所有这一切，让我的好心情全泡了汤，我闷闷不乐、无法释怀到了可笑的地步。尽管我告诉自己这样太可笑了，但无济于事，还是止不住悲伤。我没有办法让自己不郁闷。

马克：您谈到的感伤是一种孩子气的感伤。孩子常常会为了一个像马蜂或蚂蚁这样的小动物的死而感到难过。但他也会扯掉它们的翅膀，变得残酷无情。您难道从来没有做过这样的事情?

桑贝：从来没有。我很讨厌做这类事情的小伙伴，我受不了。

马克：基本上，只有孩子才会讲述诸如此类的伤心事，如果他们还记得的话。所以说，您并没有真正变老。

桑贝：我变老了很多，不过我感觉自己一直很幼稚，是的。如果您想告诉我的就是这个意思的话，是的，这让人很不舒服，很困扰。

马克：您的稚气给您留下过不愉快的回忆？

桑贝：是的。不过我不能说，太可笑了。大家会说是神经兮兮。实际上，我常常感觉自己很傻很天真。

马克：而同时，这种多愁善感，您希望别人能够感同身受，从而避免产生一些纠葛和误会？

桑贝：（长时间的沉默。）怎么说呢？并不是这样。我一直都很叛逆。一切都会对我造成影响。如果我——艰难地——走在街上，如果我看到一位女士一条腿比另一条腿短，走路的时候很痛苦，我就会很受震动。我非常佩服写出这个绝妙句子的作家：“人是一种痛并快乐着的动物。”他怎么能想得到？这句话写得太绝了。

马克：您呢？您是无法慰藉的痛苦大于快乐还是快乐大于痛苦？

桑贝：如果不快乐，人就活不下去。尽管什么都不如意，但快乐还是有的。可以称它为活着的快乐，存在的快乐。而无法慰藉的痛苦就是人本身，人就是无法慰藉的。我觉得两者都有……

马克：莫拉维亚[1]写过这样一句话："应该从绝望中活下来，而不是死去。"

桑贝：是的，不过……我并不是莫拉维亚的粉丝，我不迷他。

马克：且把莫拉维亚搁一边，我的意思是，应该乐观地接受挑战……

桑贝：这也是我之所以认为人很勇敢的原因。不可思议的勇敢。

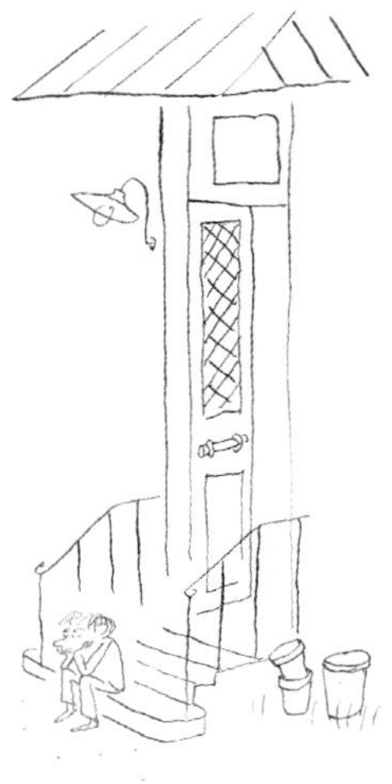

马克：是无知者无畏还是真的勇敢？

桑贝：是勇敢。我认为是勇敢。人会不惜一切代价活下去！

马克：人们有种印象就是您一直在努力挽回面子。通常，是大人才要挽回面子，想让别人以为他很快乐但其实他并不快乐，他有钱而其实他并没有，他很好而其实一点都不好……而您，您很小的时候就很要面子。

桑贝：啊是的。这毋庸置疑。

马克：为什么？

桑贝：因为极度自卑。

马克：一直是同一种自卑，因为家里的情况而感到无地自容？

桑贝：有一天，我听到一个家伙对另一个人说："对了，我看到桑贝昨晚回家——大家口中的桑贝，不是说我，而是指我父亲桑贝先生——我看到桑贝回家，他醉

1. 莫拉维亚（Alberto Moravia，1907—1990）：20 世纪意大利作家、记者。

得厉害，后来他家里闹得可欢腾了。”而我很怕别人知道这一切，我很难过。不过，我跟您讲的这些都有点悲惨，不是吗？有点愚蠢，不是吗？

马克：不不不，奇怪的是，您讲述的童年跟您画的童年之间有差距，您画的几乎都是快乐的、积极乐观的……

桑贝：是的，那是因为……怎么去解释呢？（沉默。）听着，我没办法解释。这是一种治愈。当我开始画画的时候，我想画幸福的人们。画一些关于幸福的人们的幽默的漫画。这个想法很疯狂。不过这就是我的个性。此外，自从我行动不便以后，我常常画正在快走或飞奔的人们。

马克：而同时，在您的画中，那些幸福的人……其实并不是完全幸福的？

桑贝：啊，幸亏如此！否则他们就是一群傻子。他们并不是完全不自知！

马克：就像坐在长凳上哭泣的小女孩……

桑贝：是的，但我还是很乐意去想象幸福的孩子们。尽管他们的幸福身不由己……

马克：而他们并不总是幸福的？

桑贝：他们并不总是幸福的，但是他们总有办法能让自己幸福一点点。

马克：您很多的漫画都有您童年个人回忆的痕迹……这个坐在台阶上的小男孩，甚至从外表看都跟您有点像……

桑贝：您觉得？

马克：还有花园那张，太太在洗碗，而所有的孩子都在那里……

桑贝：……百无聊赖。是的，说到底，我很喜欢画这样的画，我试图去想象一个小孩会怎么想，想什么不想什么，他是生气，是高兴，还是不高兴，等等。当然，我所做的一切都是虚假的。我并没有任何依据。把我自己的感受放到一个完全天真的人物身上让我觉得很好玩……

马克：在您的画中，有些孩子充满了渴望，有些孩子觉得自己格格不入，觉得自己无法融入环境……我们感觉这些漫画都有您亲身经历的影子……

桑贝：对，那是当然。是有点儿。是有点儿。不过有一个现象我觉得很有趣，很感动，甚至很奇怪：如何去解释甚至是童年过得很凄惨的人，当他们回想过去的时候，都会露出某种微笑？是的，是的……人们是如何做到总能把美好的回忆收藏起来？这简直太棒了！

马克：这些美好的回忆，人们发现它们隐藏在您的漫画当中？

桑贝：有一段时间，我父母曾经代理过一家杂货铺，当然后来他们被辞退了。当杂货铺的代理，每个月要交一笔代理费，但他们从来都交不上……而我呢，我当时还以为我们家已经没事了。其实是一场灾难。我的一个朋友，一个一点都不傻的朋友，看到夹在漫画当中的一张杂货铺的照片，对我说："你知道吗？你的所有漫画都在里面……"他就是这么对我说的，但让我大吃一惊。

马克：您曾经是个孤独的孩子吗？

桑贝：非常孤独，因为种种原因。

马克：在学校您还是有几个小伙伴的吧？

桑贝：嗯……有个前提条件，就是我的私人生活和学校生活没有交集。在学校，我很闹腾，我玩得很开心。我很想玩，很想开心。如果我的小伙伴们不了解我家的情况，那就没事。但只要他们一知道我的一些私事，一切就都不对劲了。

马克：也就是说您的小伙伴没有一个去您家玩的？
桑贝：没有，我不能带他们回家。他们不能来我家。

马克：那您去他们家吗？
桑贝：有时会去，是的。

马克：那是另一个世界？
桑贝：哦啦啦！就像电影里一样！我都不能想象还有这样子的家庭。

马克：您喜欢学校……
桑贝：啊是的，无论如何我都不会翘课！在学校我感到自在，我装疯卖傻。我处在一种失控的兴奋状态。摆脱家庭的枷锁让我感到如此幸福……

马克：您很闹腾？
桑贝：是的。

马克：您常被老师惩罚吗？
桑贝：是的。

马克：您是好学生吗？
桑贝：不。不是，但一切还算顺利。我能自己想办法应付。比如我没有课本。好了，我不想让您掉眼泪……学校是平静的港湾。是一个庇护所……

马克：您当初是孩子王？
桑贝：是的，是的。

马克：您会怂恿小伙伴调皮捣蛋吗？
桑贝：那当然。

1

2

3

《法兰西周日》，1962

“其他人都在受罚。”

“而我，我被开除了……”

《法兰西周日》，1962

马克：当初闹得厉害吗?

桑贝：厉害，厉害。不过我不能容忍恶意的玩笑。尤其不能。

马克：您能怂恿集体起哄吗?

桑贝：有一天，我鼓动全校同学都闹腾了一下！我看到一间改作其他用途的教室，天花板上的一扇活板门开着……因为工人们要施工。我让全班同学都从这扇活板门爬到屋顶上去。我们快活极了……

马克：您还记得受过什么可怕的惩罚吗?

桑贝：不记得了。

马克：跟家里情况比起来，这都不算啥？

桑贝：是的，都不是什么大不了的事情。不算啥，更让我烦恼的，是别人把我当学渣，而我不能解释为什么我没有书。当时书是要学生花钱买的。而这个，我父母自然是没钱给我买书……于是，我就自作聪明。我说："我啊，我不需要书！"

马克：您吹这个牛是为了掩盖家里穷的事实？

桑贝：哦，当然了！现实让我对自己有一个错误的认识，很多骄傲的人都是如此。我非常彬彬有礼。大家叫我"德"·桑贝，因为我太有礼貌了。也是为了嘲笑我。

马克：当初，您还有点口吃？这让您很苦恼吗？

桑贝：我从来都不是完全口吃，只是有些单词我说不出口，我不能发"看"的音，我总是说"瞧"。又比如"我马上回来"，我会说成"我马上回……回……回……"于是，我找到了办法，我会说"我过会儿再来"。所以，那显然是段很糟糕的时期。不过就算没有口吃……我也经常面部神经抽搐，不停地眨眼睛。简直可怕。

马克：但不管怎样，大家都叫您"德"·桑贝？

桑贝：啊是的，因为我非常有礼貌。我意识到广播节目里的人有另一种说话方式。跟我们的方式不一样。而他们的那种调调，天哪，让我非常着迷。

马克：您那时说话就开始字斟句酌了？您是如何找到自己喜欢的恰当的词汇的？还是孩子，您就已经在乎要好好说话了？

桑贝：是的，我的语文还蛮不错的。只有这点可以弥补我其他所有的不足。

马克：语文和体育？

桑贝：尤其是语文，多亏了广播。

马克：您是不是觉得在广播里学到的东西和在学校学到的一样多？

桑贝：多得多！啊，是的，是的，是的。广播太神奇了。不像现在有片头音乐。有点死板。

1968 年为《体育画报》作的画

不过那样或许也不坏。最近，我听了安德烈·帕里诺[1]采访弗朗索瓦·莫里亚克[2]的节目。问题准备得很好，莫里亚克虽然说话有点费劲，但自始至终都回答得很巧妙。让人感觉他像是事先写好答案似的！

马克：听众可以接受沉默……

桑贝：可以接受嘉宾回答前先考虑考虑。

马克：广播在您的生活中起着重要的作用？

桑贝：它曾经是我活下去的理由！通过广播，我可以逃离现实，可以幻想，去想些别的事情，去爱一些人。我很爱听广播，因为我觉得它拯救了我。

马克：确切地说，广播为您带来了什么？

桑贝：快乐！那就是我追求的，首先是快乐。

马克：快乐从何而来？

桑贝：当我这么说的时候，很多朋友都笑话我。但我还是坚持这么说：是雷·范图拉拯救了我。我对雷·范图拉乐队感激不尽，无限热爱。

马克：当时您几岁？

桑贝：哦，很早就开始了。在我看来大概是我五六岁的时候。当我第一次偶然听到雷·范图拉乐队演奏的一支曲子，应该不超过五六岁……给我留下了很深的印象。我坚信：正是这个音乐，非常欢快，让我面对一些非常紧张、很难控制的境况时活了下来。

马克：这种快乐从何而来？

桑贝：我感觉他们是一堆小伙伴、一堆好朋友组织了一个乐队，玩得很开心。也

1. 安德烈·帕里诺（André Parinaud，1924—2006）：法国记者、专栏作家、艺术评论家和作家。
2. 弗朗索瓦·莫里亚克（François Mauriac，1885—1970）：法国小说家、戏剧家、批评家和诗人，1952 年获诺贝尔文学奖，代表作有《爱的荒漠》、《蝮蛇结》等。

GALERIE
MOULINOT

是出于同样的原因，在我整个青少年时期，我都梦想能去听综艺音乐会。我当时很迷埃梅·巴雷里[1]和弗雷德·阿迪松[2]，经常一群人乘着五颜六色的大巴到处演出！当我后来有机会认识他们，尽管他们显然上了点年纪，我还是发现自己当初的直觉是正确的！

马克：可是，从六岁起，您就听雷·范图拉的音乐了？

桑贝：我是偶然听到的。他的音乐让我心旷神怡。

马克：让您忘记黯淡的现实世界？

桑贝：我家有一台收音机。有一天，它坏了，我傻眼了。然后，在家里闹成一团的时候，我胳膊肘一推把收音机摔地上了，当然不是故意的，可就是这么一摔，它居然好了。啊，您想象不出来我有多幸福。就算我父母互相朝对方脑袋上抡椅子我都无所谓了，我只想着一件事：有广播了，有广播了，又可以听广播了。是的，我热爱广播。无比热爱。

马克：他们让您听广播吗？

桑贝：是的。他们无法阻止我。我夜里起来，听电台里的美国节目……他们阻止不了我，除非杀了我。

马克：广播可以让您逃避现实？

桑贝：正是。我可以跟您讲一个故事。有一天，少年之家组织我们坐大巴出游。因为我知道有一档爵士乐的节目我想听，于是，我跟负责夏令营的少年之家的神父们编了个谎话，我说："我父亲要上电台十二点半的一档节目，我想听，可以吗？"于是，大巴停了下来，我去附近的人家听广播，我又编了同样的谎话："我父亲要上电台十二点半的一档节目，我可以收听吗？"他们问我："是哪个台？""我会找到的……"我知道那档爵士乐的节目。于是我说："啊！就在这档节目后面！"我听了整档节目，开心得要死，之后，我说："啊，没有，他们没有播放我父亲的节目，看来他没上……"就这样……我让大巴停下来，而且听了我想听的节目……

---

1. 埃梅·巴雷里（Aimé Barelli，1917—1995）：法国爵士乐小号手、歌手和乐队领队。
2. 弗雷德·阿迪松（Fred Adison，1908—1996）：法国爵士乐和轻音乐歌手、鼓手和乐队指挥。

FRED ADISON
ET SON
GRAND ORCHESTRE

马克：为了片刻开心，编这么个弥天大谎也值得？

桑贝：哦那当然。当我到了巴黎之后，很久以后，我甚至遇见过雷·范图拉本人，不过那次他背对着我，我心想："如果我转过身跟他问好，我一定会哭。他一定会觉得尴尬。于是我什么也没做。"

而且当时我跟萨莎·迪斯泰尔[1]挺要好的，我也从来没有让他把我介绍给他舅舅……对我而言那是不可能的！

马克：您认为谎话也是童年的一部分？

桑贝：是的，而且我希望这还会一直继续下去！我一点也不赞成著名的透明度的理论。您能想象吗：如果大家都实话实说，那简直和地狱无异。如果我把我对您的看法说出来，我可怜的朋友，一定是场灾难！如果您把您对我的看法说出来，我相信您也会深深地伤害到我。

马克：不说出来，是一种处世之道。但说谎有时就是存心欺骗、吹嘘或开玩笑……您记得说过什么后果很严重的谎话吗？

桑贝：严重？没有！记得有一天，有人借给我一双足球鞋。当然我不是借来踢球用的。我那么得意，故意把球鞋从运动包里露出一截。我背着它到处晃悠，我走进一家药房，我不

1. 萨莎·迪斯泰尔（Sacha Distel，1933—2004）：法国歌手和吉他手。

记得是去买什么了。可能是去买几颗口香糖……药剂师看到我的足球鞋，问我："哟，小朋友，你踢足球？"我回答："是啊，是啊，当然。"我告诉他："那当然了，我是……的儿子。"我说了一个当时很有名的足球健将的名字。那个老实人差点激动得昏过去……"你是马特奥（Mateo）的儿子？"我回答："那是。"我还加了一句"是的，我还是本 · 阿拉布（Ben Arab）的表弟"，本 · 阿拉布是波尔多吉伦特足球队的另一名球员。"你是本 · 阿拉布的表弟？"老实人太激动了，把药房门上的碰锁锁上，就为了不让别人打搅我们俩聊天。

于是我跟他描述训练的情况，因为我是知名球员的儿子，所以我有机会和职业球员一起训练。我的药剂师欣喜若狂。我给他带去了欢乐。他坚信我日后一定会成为一个国际级的球星。接着我又跟他谈踢球的技巧。他很开心。我用一个蹩脚的谎话让一个人感到幸福！我还跟他聊到其他一些来家里吃晚饭的球员。因为我是知名球员马特奥的儿子！一些巴黎的球员，里昂的球员……

马克：那您呢？您自己也感到很开心？

桑贝：当然，我觉得很好玩！

马克：小时候，您很高兴可以编造自己的生活？

桑贝：是的，当我梦想自己的生活会是……不过，难道我们大家不都是这样吗？

ALLEZ LES BLEUS
STADE

PAULLAC
VISITEURS
2
1

马克：您家里有书吗，可以让您心生遐想?

桑贝：我很爱读书，非常喜欢侦探小说，尤其是莫里斯·勒布朗[1]写的亚森·罗平，胜过一切。太美好了!

马克：您当时多大?

桑贝：十一二岁吧……

马克：还是一种逃避现实的方式?

桑贝：更是出于对那些作家的崇拜吧！此外，只要一有情节出现，我就很入迷，之后几小时我都在想："他是怎么做到的？"我啊，我总是想到书的作者。不过我也读我能找到的一切，无论什么。我母亲有几个女邻居订了几份诸如《秘密》和《我们俩》之类的报刊。多亏了其中一份周刊我终于有一天几乎不再犯拼写错误了，现在情况不一样了。在那份周刊的读者来信栏目中，有一天我读到这样一段问答："我儿子经常犯拼写错误，我该怎么办？"编辑的回复是："让他多读，什么都读，哪怕说明书也好，无论什么，让他一直读。他就不会再犯错了。"我就是这么做的。我阅读我能找到的一切，哪怕是一些我根本不感兴趣的东西，甚至是药品的用法用量！之后我没再犯拼写错误。

1. 莫里斯·勒布朗（Maurice Leblanc，1864—1941）：法国著名小说家，著有20部长篇小说和50多篇短篇小说，侠盗亚森·罗平系列尤其深入人心，是世界侦探文学的一代宗师。

马克：是什么让您希望自己不犯拼写错误？

桑贝：我只想着这个。我想工作。我想找到出路。

马克：离开您所处的环境。所以，不能犯错……

桑贝：挣钱养活自己。是的。挣钱养活自己，然后拿钱给我的父母。

马克：小时候，有亲戚住你们家附近吗？

桑贝：有我母亲家的亲戚。一大家子人。简直可怕，因为所有人都跑过来向我打听。大家都想知道我父母是不是又吵架了，大家都来逼问我，而我不想屈服，我不愿意出卖家人，我不想说。

马克：在这群人当中，有没有什么人是让您欣赏的？

桑贝：没有。在我的亲戚当中，没有。

马克：甚至没有一个风趣的舅舅？

桑贝：没有，没有。有一位卷香烟的爷爷我挺喜欢的。他是木匠。事实上，他是做木头箱子的，不过我很佩服他。

马克：是第一个让您真正欣赏的人？

桑贝：我想是他。

马克：回想那个年代，您也会想起几个老师吧？有没有哪个老师让您印象深刻？

桑贝：有几位老师给我留下了美好的回忆。我记得有一个老师曾经对我说："我要惩罚你，你还什么坏事都没有做，但我从你的眼睛里看出来你要做坏事了。"我不知道，他是用很和蔼的口吻跟我说这句话的。

他的确惩罚了我。不过那是因为他确信我要做傻事，他预见到了。我当时很喜欢他的做派！

马克：幸福的时刻多半不在家里，更多是在外面？在学校，在课间休息的操场上？

桑贝：是的，其次是在街上……啊，当街灯亮起的时候！我在郊区住了很长时间，所以我很喜欢城市。啊，是的，我热爱城市！

马克：对小时候的您而言，城市是什么？灯光？

桑贝：灯光……喧嚣，汽车，街上的女人，高跟鞋踢踢踏踏的声音，所有这一切。

马克：这个，您是多大的时候意识到的？

桑贝：很早。我立马就喜欢上看城里的女人了。立马。我很喜欢女人，有时，我甚至会为她们感到痛苦万分。在那个我跟您说过的公园里，有好几次，我见到一个，不，是好几个年轻姑娘。一天，我看到她们跟一个年轻男人一起，很好。过了一段时间，我又看到她们，还是跟那个开始有点先生派头的年轻男子一起，她们已经怀孕了。又过了一段时间，我看到她们推着一辆儿童车，其中几个已经不那么美丽动人。那个年代，接生的条件还很差，我在想人们都是怎么帮她们接生的，公园里织毛衣的夫人们聊天时说的一句话把我吓着了，那句话是："不得不给她用产钳。"我在心里嘀咕产钳是什么，这个折磨人的工具是什么，为什么。从那以后，虽然不是所有人，但很多我认识的年轻姑娘在很短的时间里——这一切都在很短的时间里发生——就变成了蓬头垢面、风韵不再的女人……啊，我觉着这太可怕了。这给小时候的我造成了很深的印象。

马克：孩子会不会因美而赞叹……

桑贝：有时候，当我看到一位亭亭玉立的少女或年轻貌美的女子或风韵绰约的女人，我几乎会晕倒。

马克：几岁的时候？

桑贝：哦，我不知道。很早就会。很早。此外，女人的气味，香水，胭脂。我觉得这一切都美妙无比，一个充满诱惑的世界……

马克：假期，您也度假吗？

桑贝：是的！参加夏令营。我所在的天主教少年之家组织的。我们会住在棚屋或一些奇怪的地方。

马克：在海边？

桑贝：有时是。

马克：您对大海的最初记忆是什么？

桑贝：这是大海，是的，是这样……

马克：是令人惊喜的回忆？

桑贝：并没有太惊喜，因为我参加的最初几次夏令营中有一次，有一个——跟另两个神父一起——看管我们的神父淹死了。事情闹得很大。消防队员来了……太可怕了。

马克：您当时喜欢大海吗?

桑贝：啊！大海太美妙了。它太美妙了。当然我也害怕。

马克：您当时学游泳了吗?

桑贝：自学的。我最刻骨铭心的记忆之一，就是在水下踮着一只脚假装游泳的时候。忽然有一刻发现自己不用脚踩着地也能游泳了。那是伟大的一刻。伟大。

马克：您没有跟父母一起度假的记忆?

桑贝：没有。

马克：假期就是少年之家，和小伙伴一起?

桑贝：是的，差不多。不过因为钱的问题，一切很复杂。在夏令营，显然会组织一些额外的出游，有时是晚会，所以得交一点钱。我因为没有钱，被当成是小气鬼。

马克：贫穷让您感到痛苦?

桑贝：啊，是的！

马克：相反，有的人把贫穷美化了。

桑贝：太可怕了！为了文学创作，是的。事实并非如此，并非如此，贫穷会让人非常不幸。非常不幸。不过我不喜欢贫穷这个词。事实上比贫穷还要糟糕。什么都缺。就是这样。这么一来，我就没办法和别人一样，我什么也做不了。

马克：因为缺钱，您有哪些梦想没能实现?

桑贝：我做梦都想拥有一件翻袖口有袖扣的衬衫……

马克：您那时候已经长大了……

桑贝：是的，我当时十四岁。从十二三岁开始，我开始想要拥有某些东西，尤其是袖扣。

马克：您记得收到过某个您喜欢的圣诞礼物吗?

桑贝：（沉默。）哦，我想收到过吧，是的，肯定有。我肯定有一天收到过一辆玩具火车。不是电动的，但的确是辆火车。

马克：机械的。要上发条。

桑贝：啊是的。红色的钥匙上发条……

马克：您童年的记忆都非常精确?

桑贝：非常精确。

马克：当别人提到您的童年的时候，您更多是开心还是厌恶?

桑贝：这不是一种折磨。我认识有些人，他们无法谈论他们的童年。我呢，恰巧我现在就跟您在谈论我的童年，就这样。

马克：有一些老照片吗?

桑贝：有，有几张。不过我不记得放哪儿了……我们当初没有拍很多照片……我也不是很想拍照，因为我对母亲的一句话印象非常深，她把所有女邻居都叫过来，对她们说："让诺——让诺是我——啊，让诺，他小时候非常可爱。非常可爱，可现在，他长残了。完全长残了。"于是我对自己说：我长残了，要多残有多残……

马克：您小学上到十四岁?

桑贝：还要大一点点！我属于差生。我有两年时间没去上学，因为战争期间我去了比利牛斯山区。那里没有学校，所以，我没有比别人早毕业。

马克：您去比利牛斯山区，不是和父母一起去的?

桑贝：不是，后来他们也来了，跟我们团聚了。我住在农民家里。

马克：在那里过得幸福吗?

桑贝：不幸福。

马克：也不幸福？

桑贝：嗯，不幸福！因为我不是桑贝先生的亲生儿子，那里的人都知道，而且他们让我感觉到了这一点。有一天，我听到父母吵了一架，更有甚者，我以为自己疯了。母亲对他说："你不爱他！"（他们说的是我。）他回答道："但你听我说，他不正常！"在乡下人和波尔多人的俚语里，"不正常"的意思是"他不是我的孩子，不是我亲生的"。而我当时并不知道这话是这个意思，我还以为……是对我精神状态的一个判断。于是我非常担心，非常，非常担心。

这很奇怪！有好几年时间，我曾经试着把我的经历用漫画形式讲出来，而不是写回忆录。但我一直没有付诸行动，不过我对自己说："那一定会很搞笑——因为在我身上发生过很多搞笑的事情。"不过现在，我跟您说的这些，一点都不搞笑……如果我们继续说下去，甚至是凄惨的……

马克：在您身上发生过的搞笑的事情，是什么？

桑贝：我现在说起来这些事情都很搞笑，但在当时其实并不搞笑。我可以给您说一个。战争刚结束的时候，大部分小孩子都长得不好，我对自己说："我不想一直是这副模样。"我得了佝偻病，肋骨外翻……因此，我对自己说："我要锻炼身体。"

锻炼身体，这就意味着得有一点钱，起码得为自己买一套装备。我不可能做到这一点，但我有一个邻居，她在波尔多的游泳馆工作。她可以让我免费进馆。因此我就去那里了，毕竟游泳只需要一件泳衣就可以了。然后，我就开始游泳了，虽然我其实并不很喜欢水。但是我花了很多心思，自学了自由泳，因此我经常去那里。

有运动员在这个游泳池里训练，人不多的时候，有时他们会和大家一起游，有时等大家都走了以后。在这个游泳池里，有一位水中仙女，吉耶讷冠军，那时我十五岁，她呢，十九岁，换言之……现在七十二岁了。有一天我正在水里扑腾，她过来找我，并对我说："我们结束后能见面吗？"她是那么光彩照人……我呢，还没回过神来，很快我就遐想她父亲将给我的父亲找份工作，给我母亲找份工作，那样我就能继续学业了……所有的这一切都太神奇了。显然，我疯狂地爱上了这个女孩，这个年轻姑娘……

于是，她在游泳馆门口等我，天正下着雨。显然，当时我身无分文。她对我说："我们去喝一杯吧。"噢，我说："不去，不去，我特别喜欢雨天。"您想，我上哪儿找喝一杯的钱啊？于是，我们漫步雨中，她觉得我有点奇怪。很多人都觉得我奇怪……然后，当我们第二天再见面的时候，天还下着雨，但这又有什么关系呢……还是不可能去喝一杯："噢，不去，我喜欢在雨中的感觉……"然后，她对我说："下周日，有一个游泳比赛，离……波尔多四十五公里远，你会去吗？"

我不属于任何一个俱乐部，我不可能花钱买一个参赛资格证……我说："呃，不会去吧。"她对我说："我呢，我会去。"我答复她："那我会想到办法的，我会去的。"她说："坐火车去吧。"你以为呢，我可没钱买火车票……四十五公里……我去找少年之家的院长，我对他说："应该代表少年之家参加比赛。"代表尚特克莱尔少年之家！"您能把您的自行车借给我吗？"他同意了。然后，我对他说："我将代表尚特克莱尔少年之家参加比赛。"

我骑上院长的自行车，骑了四十五公里。我到达了目的地，肌肉都僵硬了，这些都是游泳前不该做的……我下了水，我游了起来，我最后一个到达。你以为呢，当时我的大腿肌肉绷得太紧了，但这都不重要……我是最后一名。我啊，我是来找我漂亮的水中仙女的。我问她在哪儿。人们告诉我说："她刚才已经游过了，她赢了比赛……正准备走了。"

就在那一刻，我看见了一辆雪铁龙，一辆十一马力的雪铁龙轿车，我看得很仔细，我看见谁了呢？我看见我的女神和一位头戴帽子的男士一道走了，她看见我，既没有发牢骚，也没有和我打招呼，什么都没有。我重新骑上院长的自行车，回去的路上又骑了四十五公里。我边骑边哭像是要哭尽全身的泪水，因为她深深地伤害了我……

马克：这毫不相干啊，我让您分享一些搞笑的回忆，但您说了一段曾经让您流泪的往事……

桑贝：是的，但还是很搞笑啊……还是很搞笑。我骑着院长的自行车，骑了四十五公里……

马克：那其他回忆呢……一些很开心的回忆?

桑贝：很开心的？啊，对，于我而言，是一次出色的表现。您记得在学校时，时不时地，有人会站起来报告："老师，我捡到这个。"然后老师就会对你说："把它交到校长办公室。"有一天，老师让我去擦黑板。我之前看见他把贝雷帽放在某个地方，我拿起贝雷帽，擦起了黑板……

马克：故意的吗?

桑贝：是的，同学们都笑了，他们都看见了……然后……我拿着贝雷帽，回到座位上，过了一会儿，我对老师说："老师，我捡到这顶贝雷帽……"那是他的贝雷帽。"把它交到校长办公室。"他对我说。那顶贝雷帽，我已经有点把它玩坏了……

UNE SANTÉ DE FER
VICHY
CELESTINS
MONSAVON
au lait
savignac

4 ROUES
4 PLACES
PCF
L'OLYMPIA
YVES
BOB CASTELLA
LA COLOMBE QUI FAIT BOUM
SALLE PLEYEL
DUKE ELLINGTON
SALLE GAVEAU
SAMSON
RAVEL
CHOPIN
SFIO
OPÉRA
66

下课后，我们听到那个家伙在说："我的贝雷帽哪儿去了？我之前放这里的。"突然，他想起来我擦过黑板……他看向我。我迎上他的目光，他对我说："是你拿了我的贝雷帽？"我说："什么贝雷帽？没有，完全不知道啊。"当时我对搞出这件事感到自豪和幸福，当我看见他朝校长办公室走去，去拿他的贝雷帽时，我都乐坏了。

马克：您还记得您第一次爱上的小女孩儿吗?

桑贝：啊，当然记得。她是巴黎人。一个住在波尔多地区的巴黎人，我不知道她在这里做什么，但是所有小孩都笑话我们："看，小情侣来了。"我很自豪，我很爱她。

马克：您当时多大?

桑贝：噢，我那时还小，大概十岁吧。

马克：那时小学并非男女同校，所以您应该总在一堆男生中间，那您是在哪遇到女孩子的呢?

桑贝：嗯，那时看到裙子对我来说就已经是不可言喻的幸福了。在哪儿？有时是在街上……那个年代，局势严峻、思想封闭，街上没有多少年轻女孩子。哦，我更多是在遐想，要是我看到一个女孩，我会想方设法再见到她，但该怎么做呢？在街上我尾随她，她回去以后，我经常从她家门口经过。可惜，从来都没有奇迹出现。

马克：世事发生了很多变化……

桑贝：是的，但我不能就这个话题发表看法，因为我不知道世道是变好了还是变坏了。我完全不能给出我的看法。

马克：说发生了很大变化是因为现在自幼儿园起，小男孩就和小女孩在一起上学……而当初，人们都不太清楚在哪儿能看到女孩。

桑贝：是啊，我们看不到女孩，这很糟糕。不过幸运的是，少年之家每年都会举办一场宴会，街区的每户人家都会来赴宴，因此能看到年轻姑娘。这对我而言是一大幸事!

马克：您打扮得帅气吗?

桑贝：就地取材，把自己收拾一下，是的。

1

2

《巴黎竞赛画报》，1966

3

马克：您用发胶或发油吗?

桑贝：用，什么都用！必要的话果酱也会拿来抹！……什么都用。我唯一一次真的偷东西，就是在大商场里偷了一管发膏！一管在电车上就爆开的发膏，喷得我满口袋都是，连续喷了好一会儿。

马克：您去商场吗?

桑贝：去的，会陪邻居去……我以前很喜欢橡皮筋，而且这一喜好后来也没变过。我心想：拥有橡皮筋真是太棒了，我可以做很多事情。我可以用橡皮筋把许多东西挂起来。那天，一个邻居把我带到波尔多的一个大商场里。他对我说："你想要什么，我买给你。"我本可以说我要一辆自行车……但我说我要橡皮筋，于是我得到了一口袋的橡皮筋，对此我还感到非常非常自豪。

马克：您用这些橡皮筋都干了什么?

桑贝：我用它们来捆纸，什么都捆。我有一大把橡皮筋，满满一口袋的橡皮筋，我心想肯定有用得着它们的地方。

马克：当您说您后来也没有变的时候，是不是意味着您的口袋里总有几根橡皮筋?

桑贝：是的。今天口袋里没有，但通常都是有的。我总是需要橡皮筋，用来捆画作……偷我一根橡皮筋，对我而言就是很大的冒犯。

马克：那相反，如果您给别人一根橡皮筋，就意味着真正意义上的礼物……

桑贝：啊，那可是非同小可！

马克：人们常说，在童年的某一刻，我们变成了大人。您知道您是什么时候变成大人的吗?

桑贝：我的回答会显得有些蠢，毫无新意，也让我自己不快，可惜那却是事实：我从未变成大人。有时候我会变得中规中矩，但从不老于世故。我不觉得自己是大人。这种状态不算好。它没有作家所描述的那么好：啊，人永远保持童真真好！其实一点儿也不好。这就好像人们吹嘘自己曾经是……一个学渣而不是一个懒鬼。这总会使我不悦，因为这没什么好吹嘘炫耀的。

马克：您可以说说是什么造就了您吗?

桑贝：造就?

马克：或者说教育?

桑贝：广播。还有报纸。

马克：比学校更多吗?

桑贝：是的!

马克：也就是说您很早就开始读报了吗?

桑贝：我那时什么都读。我碰巧阅读了一系列《画报》[1]，对德雷福斯事件[2]很感兴趣。那时我很反叛，情绪很激动。后来克拉夫琴科[3]事件也让我一样义愤填膺。

马克：您应该在上完初中之后就工作了吧？后来也没再上过高中?

桑贝：没上了。我得为家里赚点钱。我能找到的唯一工作就是骑自行车给人送货。对，也就是那时候，我受到了很大的打击：我的工资太低，太低了。我们现在所谓的最低工资标准，在那个时候是……，用新法郎[4]算应该是多少呢？反正是两万旧法郎。而我的第一份工资是七千二百法郎！这实在不多，但是我当时很自豪地拿着装有七千二百法郎的信封回到家，把它交给了母亲。她因为我没能继续学业一心想出去工作而感到很内疚。她对我说了句很“鼓舞人心”的话。她说：“你看，这并没有比你不工作的时候我领取到的家庭补助金多多少。”我有点儿失望，我当

1.《画报》(*L'Illustration*)：法国的一份周刊，发行于1843年到1944年。

2. 1894年法国陆军参谋部犹太籍的上尉军官德雷福斯被诬陷犯有叛国罪，被革职并处终身流放，法国右翼势力乘机掀起反犹浪潮。此后不久真相大白，但法国政府却坚持不愿承认错误，直至1906年德雷福斯才被宣判无罪。

3. 克拉夫琴科：苏联时期的国务和党务活动家。1947年他投奔西方，写了《我选择了自由》一书，讲述苏联劳改营中的血腥故事。1949年法共周刊《法兰西文学》(*Les Lettres françaises*)刊文痛斥这是“美国中央情报局导演的骗局”，并将克拉夫琴科告上法庭。克拉夫琴科事件成为冷战时期著名的公案，最后克拉夫琴科被宣判无罪。

4. 2002年前法国的法定货币单位。1958年戴高乐总统当政后发行新法郎，一个新法郎等于100个旧法郎。

时拿着信封回去的时候还是挺自豪的呢。

于是我就重新开始到处找工作了。我很小的时候就开始到处找工作了，一直在找。看小广告，等等。我还是送货员的时候，有一台电话机可以归我使用。也不是完全归我使用，是老板不在的时候，我就能趁机打电话，我打电话往往都这么说："您好，我是学美术的学生，但是月末也有些入不敷出。您那里有工作机会吗？我可以去拜访您吗？"我哪儿都去试！只要我看见一则小启事，不管是什么活，不管是哪儿，我都会去……

马克：那您干了好多诸如此类的零活？

桑贝：也没有很多，没有。我做了挺长一段时间的送货员，差不多有一年半吧，然后我就被解雇了：我的老板抬起手给我指了门的方向，他的手还没放下，我就走了，而且再也没回去过。那时候我到处找工作，因为我得继续每月给家里七千多法郎。我不知道我做了什么，但是我找到了办法。我帮别人提包，或者别的什么，此后的两个月我都往家里拿这笔了不起的七千二百法郎，好让家里人相信我仍在工作。

后来，我碰到了一个每天早上都能看到的家伙。我们互不认识，但是会互相打招呼。那天，我看到了他，我跟他打招呼。他对我说："我们以后不会再见了。"我说："是吗？"他说："是的，我参军了，三天后就要离开。"我问他："怎么样才能参军呢？"他说："要去宪兵队办公室。"我就去了，然后我也参军了。

马克：这么说参军还是您自愿的！因为之前您还是在家里住的，而参军也就清楚地意味着，"我走了"。

桑贝：对。

马克：您在军队里学到什么了吗？

桑贝：我在那里学到了恐惧。某种形式的恐惧。我总是被关禁闭，但并不是因为死脑筋，而仅仅是因为我不专注。不是不守纪律，而是因为我总想着别的事……

马克：来到巴黎是不是意味着跟波尔多完全切断了联系？

桑贝：完全倒不至于。当时我的父母还在波尔多，所以我得时不时回去。但的确是一种断裂，我是这么感受的。我发疯般的爱上了巴黎！我觉得巴黎人都很友好。不是指报

纸上说的巴黎人，而是街头巷尾的人们，我觉得他们实在是太棒了，他们总是面带微笑，热情好客。那时我是军人，我听到过无数次："看，这个愉快的士兵，他要干什么呢？"当我问路的时候，我觉得人们友好得简直令人难以置信……

马克：您是从什么时候开始画画的呢?

桑贝：我觉得，大概是从十二岁开始，十二岁左右。

马克：您那会儿画什么?

桑贝：我是从模仿开始的。当时我还在波尔多一所现代化的初中读书，他们后来把我开除了。那会儿有个家伙吹单簧管，我很欣赏他。他当时十九岁，是高二的学生。而且他还在黑板上画画，画美国吉普车，那会儿美国人已经来了。我就对自己说："我也要这么做。"然后我就开始画吉普车，接着还画些其他东西，后来因为雷·范图拉，我开始画乐手……某天我在一个广播节目里听见他说："我们录音棚里有三十二个人。"所以我呢，我画了他的萨克斯手、四个长号手、四个小号手、钢琴师、贝斯手、打击乐手，那就有十六个人了。为了凑够三十二个人，我于是又加上了小提琴手，还加了很多其他人物，我总是画有三十二个乐手的乐队，直到后来我弄明白他说的也包括在现场的技术人员……

马克：那些都是没有说明文字的画？

桑贝：是的，是些漫画。都是。很快，我的画就形成了幽默的风格。好吧，如果可以这么说的话。

马克：您还记得您第一次拿自己的画给别人看的情形吗？

桑贝：是的！我记得桑贝先生的评价。我曾在一个星期日下午画画，不停地画……他看了看一幅画，对我说："画得不错。"我画的是一个正在拦球的守门员。他对我说："这画挺好的，因为有动感。"我画了胸膛，画了凹陷的肚子。然而，我很蠢地回答道："哦不……我才不在乎呢……"您看，我还记得呢。

马克：这是第一个评价？

桑贝：是的。"那儿，有动感。"

马克：现在您感觉抓住它了吗？动感？

桑贝：是的，有时候。这很有趣，要有动感。当时，我对体育运动、赛跑运动员、田径运动都很着迷。我觉得这些非常美，真的美……

马克：您最初的画，基本都是经过观察后画的？

桑贝：是的，不过都挺幽默的。我喜欢漫画。无论在哪儿，在理发店我都读那些带画儿的报纸……

马克：当时有哪些报纸？《刺猬报》？《这里－巴黎》？……

桑贝：是的。当我再次看到某个人的画时，我就想："他有他的风格。怎么才能有自己的风格呢？"

马克：那么您呢，您是怎么找到自己的风格的?

桑贝：这是多年摸索出来的……

马克：在当时，当我们看报纸上的漫画时，很多漫画都有些相似……

桑贝：是的，但每个人都想脱颖而出。有些人在签名上做些小文章好让大家能够认出他们。而我，为了找到一种风格，什么都试过了。都是些蠢事，比如说我的画的外形要和主题有关。如果我画乐手，画的外框就必须是音符的形状!这很荒谬。如果我画一辆火车，画本身就必须有车头发动机或火车车厢的形状……诸如此类很愚蠢的东西！……我浪费了大量时间，我那时晚上工作到深夜去尝试……

马克：当您说"我那时晚上工作到深夜"，那是您还在上初中的时候。谁看您的画呢?

桑贝：我的伙伴们。我不用把我的画拿给他们看，他们过来看。正是多亏了一个童年伙伴，我成为了漫画家。他比我大两岁。一天，他严肃地对我说："画漫画，要找灵感。你没学过，所以你不能像我这样找到灵感，我学过——我不知道他学了什么，他有两个中学毕业文凭——我来给你找灵感，你来画。"

接着他对我说："我跟你描述画的内容，你来画，等你画完了，我告诉你配什么说明文字。"他要我画的第一幅画是："一位先生在悬崖旁的山路上开着车。他的妻子在车后座上，她从后面伸手蒙住了他的眼睛。这幅画会有段说明文字，等你画完了我才会告诉你。"我像疯了一样画它：画某个在山路上的人，这已经很难了。况且为了让人看到他的妻子就必须画辆敞篷车……还必须让人看到她从后座站起来用手蒙住了丈夫的眼睛。这些都非常难画。我花了大量时间，当我画完的时候，如果可以说"完成"的话，我对我的伙伴说："好了，现在你可以告诉我配什么说明文字了吧。"他看了这幅画，他对我说好的，回答我道："嗨！"我说："什么，嗨？""说明文字，就是'嗨！'。"他对我说。这真是愚蠢至极，什么也表达不了，完全是白费劲！至此，我明白了我必须找到自己的灵感。

马克：您当时大概十五岁？那时，您画画是为了拿去卖，拿去发表？

桑贝：不，还没有！我那时只想找一份稳定的工作。我可以画，我不知道，落地灯、扶手椅，什么东西都可以画。但这是我的执念。我想找一份稳定的工作！

马克：找工作的时候，您还继续画画吗？

桑贝：嗯。

马克：您第一次把您的画拿给《西南报》是在什么时候？

桑贝：我在波尔多找了一个广告代理商，然后把自己的画拿给他看。那人对我说："您应该画漫画。"有一天，那时我还是送货员，我在工作的地方打了个电话给《西南报》的一个漫画家。他跟我说"来找我吧"，并且还给了我一位编辑的名字，让我把画拿给他看。就是这样。

马克：那时，他们刊登了那些画吗？

桑贝：他们登了两幅。我没署名桑贝，因为我有些害怕……我觉得我的画太糟糕了……于是，我就想该怎么署名，经过一番思索，我终于想出了一个笔名，特别傻，叫做 DRO，D.R.O，这名字看起来挺简单，实际上一点也不：它来源于英语"to draw"，"D.R.A.W"，也就是画画，但我把它简化成了 DRO。多巧妙呀！

马克：您还记得那些画吗？……

桑贝：嗯，特别清楚。那些画，我记得。

马克：……那您还记得第一幅令您感到自豪的画吗？

桑贝：那时候的吗？是一条尾巴上拖着平底锅的小狗，我经常画类似这样的画。一口绑着细绳的平底锅。嗯，小狗会回到平底锅里去睡觉。就是这样。

马克：这幅画已经带点幽默……和诗意了……

桑贝：对，有一点小门道……

马克：那这幅画画得好吗?

桑贝：对当时能力有限的我而言……还不错吧，嗯，还不错。

马克：那这幅画还在吗?

桑贝：肯定在某个地方，但是在哪儿呢?

马克：那您画这幅画的时候，大概多大呢?

桑贝：十六七岁吧。我画了一系列尾巴上拖着平底锅的小狗。我还画过一只向小母狗献殷勤的小公狗，它抓着小母狗尾巴上拖着的那口平底锅，并把它的锅放到了自己的平底锅里……

马克：报纸刊登这类漫画吗?

桑贝：得看情况。因为我投稿投得多，所以……

马克：谁是第一个给您的画建议的人?

桑贝：（长时间的沉默。）通过少年之家，我听说有一位先生开了一家墙绘公司，在建筑物上、厂棚上画画……他手下的工人和他自己都画。我只是隐约听说如果把我的画、把我的作品拿给他看会是个不错的主意。这个我非常非常非常敬爱的人，看了我的画，对我说："加油，继续，继续画。"第一位以专业的、批判的、严苛的眼光看待我画作的人，是他，是沙瓦勒[1]。

马克：您那时十八岁?

桑贝：也许还稍微小一点……

马克：因此，沙瓦勒看了画，慢慢审视、评价……

桑贝：……他还和我说了老生常谈的一番话："别把画画当职业，那太难了，您应

---

1. 沙瓦勒（Chaval, 1915—1968）：真名"勒卢阿恩"，生于波尔多的幽默漫画家。

Sempé

Sempé

该找一份稳定的工作。”他从我的穿着打扮上就看出我不是滚在钱堆里的人，便问了我很多关于我品味的问题，问我喜欢什么，我想他应该是被惊着了。但我记得一幅画，他看过后对我说：“啊，这幅画很好！”当时我并不知道他就是沙瓦勒。有人和我提起过一位名叫勒卢阿恩的先生在巴黎得了一个奖……

马克：那幅很好的画是关于什么的呢？

桑贝：那幅画画的是一个对着熟睡的人拉琴的小提琴家，您一定觉得这很奇怪，小提琴家正试图用琴弓把熟睡的人唤醒。沙瓦勒对我说：“这个，画得很好。”还说这幅画有点儿像几位美国漫画家的风格，甚至有点像沙瓦勒画的！

马克：他给您看了他的画吗？

桑贝：就在那时我才意识到他就是沙瓦勒！我们聊天的时候他曾问过我：“您不知道我是做什么的？”我回答说：“不知道。”然后他就给我看了沙瓦勒的画。我对他说：“我不明白，这些是沙瓦勒的画呀！”就在这时，他对我说：“沙瓦勒，就是我呀！”就是这样。

马克：这本书中关于孩子的画作通常没有配上文字。

桑贝：对，确实没有。有时我们会看到一个小男孩或者一个小女孩儿就这样跑着，开开心心的。有时候，会遇到这种情况。我觉得不用再设计什么了。有时他们就是很开心而已。

马克：也有不那么开心的场景，比如在一幅图中有一个小男孩穿着足球运动员的球衣拉小提琴……

桑贝：天哪，他太顽皮了！在足球队里面，只有一件球衣上面印着10号数字，这是齐达内、普拉蒂尼穿的号码，他们掌控全场，是绿茵场上的王者。有一阵子，每个男孩儿都希望自己是队伍中的10号球员……所以我画了这幅画，不过没什么好得意的……

马克：不过这幅画还有更多内涵，很明显，小孩是被逼着练琴，他自己更想去踢足球，不是吗？

桑贝：也可以说他梦想成为国家交响乐团中的10号，成为那个掌控全场的人！

《领航员》[1] 杂志插图，1959

科帕的课堂

雷蒙 · 科帕 [2] 给一位初出茅庐的足球运动员的建议

1.《领航员》（*Pilote*）：1959 年至 1989 年出版的法国漫画杂志，1959 年至 1974 年由勒内·戈西尼任主编。该杂志汇集了当时法国和比利时大半漫画精英。

2. 雷蒙·科帕（Raymond Kopa，1931—2017）：法国职业足球运动员，司职攻击型前卫，曾效力于兰斯足球俱乐部以及皇家马德里足球俱乐部。

1 2 3 4

1 2 3 4

马克：您不喜欢这幅画？

桑贝：因为我觉得画得很糟糕……要是我记得没错的话……

马克：那个弹钢琴的小女孩，钢琴上放了一个小熊，仿佛被逼去练大人弹的曲子……

桑贝：一些成年的钢琴家也会在钢琴上放个小纪念品……它跟舒伯特或莫扎特毫无关系……

马克：还有一幅画更震撼人心……

桑贝：说说看……

马克：一幅我觉得让人挺难受的画。在您关于童年的作品中，让人看了感到难受的画并不多……而那一幅就是：父母在看电视，小男孩说："我会走路啦！"

桑贝：是的。

马克：这很可怕，不是吗？

桑贝：我个人认为，这幅画很糟糕。《纽约客》和其他十几本杂志都刊登过这幅画，人们也经常跟我谈到它。每次我都说，这是一幅烂画。

马克：为什么？

桑贝：它很蠢，因为太直白了。这是一幅"招徕看客"的作品，这幅画，怎么说呢，太刻意太造作了。人们千篇一律都会说："看看这对父母，他们居然没注意到他们的娃会走路了。"此外，我不知道孩子们在会走路前是不是已经会说话了，不过说到底这不重要。不，我不喜欢这幅画，画它的时候我自己也不开心。

马克：因为意图太明显了？过于强调，您有点过激了？

桑贝：造作，太造作了。太傻了。是的，父母的确在看电视，但是这些父母又有什么故事、什么隐情呢？没准这个小男孩是个捣蛋鬼，没准他是个讨厌鬼……保罗·奥斯特[1]的妻子西瑞·阿斯维特[2]写了一本书《我喜欢》。它讲了一个小孩的故事，发生在美国，这个小孩简直就是恶的化身，写这样一个故事需要很大的勇气，是的，这个小毛头什么东西都乱丢，太可怕了，他可以毁掉一切，他是恶的化身，他就是个小坏蛋……所以，您看，那幅画上说"我会走路啦"的那个小男孩没准就是个小恶魔，没准他父母已经绝望透顶，生活中除了那台岌岌可危的电视机他们已经一无所有。不，不……我一点儿也不喜欢那幅画，尽管它挺出名的，人们也常常赞誉有加……

马克：您更喜欢画小男孩还是小女孩？

桑贝：现在，我显然更喜欢画小女孩。

"我会走路啦……"

1. 保罗·奥斯特（Paul Auster，1947— ）：美国小说家、诗人、剧作家、译者、电影导演，被视为美国当代最勇于创新的小说家之一。
2. 西瑞·阿斯维特（Siri Hustvedt，1955— ）：挪威裔美国女作家，主要作品有《我喜欢》、《炽热的一切》、《一个美国人的悲哀》。

马克：为什么呢？

桑贝：因为我又一次不切实际想当然了，我印象中小女孩长大了会变得温柔、迷人、可爱、随和、安静，但她们小时候完全不是这样。但我也遇见过小小年纪就既乖巧又可爱的小姑娘。有一天，我在书店举办签售会，一个十一二岁的小女孩过来坐在我身边，紧挨着我，就像这样，我俩挨着坐，她很漂亮，侧影很美，金发，她看着我的一举一动，对我说："我要留下来。"我说："好的，留下来吧。"她很可爱、讨人喜欢……有一刻，我在给一本写纽约的书配图。我问她："我画的这个是什么？"她答道："帝国大厦[1]。"她认出来了。啊，是的，是的，是的，我非常喜欢小女孩。男孩子可没那么有趣。小女孩很滑稽，她们的行为也很奇特，既可爱又迷人。那个小女孩，她妈妈来找她的时候，她还想留下。她真是太——讨——喜了。

1. 原文中，小女孩用带有法语的口音说出"帝国大厦"的英文，即 Empire State Building。

马克：小男孩和小女孩有什么区别呢?

桑贝：是我偏心了。小女孩，虽然不是所有的小女孩，她们常常让我忍俊不禁，把我逗乐。她们有一些滑稽的动作，常常出人意料。这也许是娇俏的初始吧……在她们身上有一种，我认为有一种优雅。有的人优雅，有的人并不。有些小女孩优雅天成。

马克：小男孩就不优雅了吗?

桑贝：我遇见过一个优雅的小男孩，就一次。他的父母、朋友、所有他身边的人都表示吃惊，而这个小男孩自己并没有意识到，这才是真正的优雅。他对于优雅没有概念，这使得他更具优雅的气质。他迷人、稳重、和善。真的，他堪称完美。完美。我后来再也没有见过他，已经过去二十年了……我希望他没有变成一个面目可憎之人。当时他是一个十一二岁非同寻常的少年，简直就是优雅的典范。他什么都好，举止大方、谈吐得体，难能可贵的是他并不刻意。所有人都为他着迷，他却一无所知。要是他意识到了，一定会感到不好意思，因为自己是如此完美；但他没有意识到，就丝毫不会不好意思了！

马克：在您的画作里，通常是小男孩骑车、小女孩跳舞。那可不可以让小女孩骑车、小男孩跳舞呢?

桑贝：（沉默。）对我来说，我很难设想一个跳舞的小男孩。不，对我而言，跳舞本来就是女孩子干的事儿，而踢球本来就是男孩子干的事儿，跑步也是。总之，我就是这样认为的，人们大可以说我是个无可救药的大男子主义者……

马克：不过跳舞是比踢球更优雅，还是说踢球也可以一样优雅?

桑贝：啊是的！有一些优雅的足球运动员，我非常欣赏他们，有一位叫约翰 · 克鲁伊夫[1]的球员，就连摔倒的方式也与众不同。他简直太神奇了。

---

1. 约翰·克鲁伊夫（Johann Cruijff，1947—2016）：荷兰足球运动员，世界足球史上的名将、名帅，球员时期司职前锋，被称为“荷兰飞人”、“巴萨教父”。

马克：在这本书的插图中，有什么事情是小男孩和小女孩一起做的吗？

桑贝：这个，我不清楚。我从没想过这个问题。

马克：因为……小男孩和小女孩很少同时出现在您的画作中。

桑贝：也许吧……是的。我不知道，我没注意过这一点。

马克：就仿佛两者之间有一条分界线……

桑贝：我认为是有的。到现在为止，我还不知道这条分界线是什么，但我依然认为它是存在的。这不是一条分界线，而是一种区别。不，这不是一条不可逾越的分界线，而是一种区别。有时候，小女孩的行为让我觉得很好笑、滑稽、出人意料……女人的特性对于男人来说就是一个巨大的谜。我是男人，女人的特性也是一个让我眼花缭乱的谜。

马克：在《小淘气尼古拉》[1]里面，并没有女孩……您还记得这些绘本是怎么诞生的吗？

桑贝：那是一家比利时电台节目周刊——《蚊子》[2]，那个时候还没有电视，他们有时会要我放大我那些刊登在报纸上的画，随便发表在哪里的，将其作为杂志封面。一天，这家报社主编要我创造一个角色。由于我之前带过去的一些画是画一个小男孩的，他什么调皮捣蛋的事儿都做……是一组幽默漫画……而且，我在公交车上看到过一则尼古拉红酒的广告，我跟他说："那这样吧，我们就叫他尼古拉，这个小家伙就是这些漫画的主人公。"就这样，他们开始定期出版这些漫画，取名为尼古拉，或小尼古拉，我不太记得了……就这样。

马克：刚开始的时候，《小淘气尼古拉》是只有图画吗？

桑贝：这是漫画嘛，有没有说明文字，都很正常。

马克：但每次都画一个名叫尼古拉的小男孩的冒险之旅？

桑贝：是的。有一天，天哪，主编对我说："您得画一本连环画。"而我，我可做不来这个，我想做的，仅仅只是画漫画而已。而戈西尼——他当时也在《蚊子》工作，我就是在那儿

1.《小淘气尼古拉》（*Le Petit Nicolas*）：由勒内·戈西尼配文、桑贝配画的系列漫画故事。
2.《蚊子》（*Le Moustique*）：一家比利时法语周刊，创刊于1924年。

遇见他的——对我说："不过，的确是你不对，你应该把小尼古拉这个角色捡起来，把它画成连环画！"我告诉他："我不想一个人做这件事，这让我很烦恼，我不知道怎么做。你如果愿意的话，就跟我一起干吧！"于是，我们就一起把它做成了连环画。

马克：当时戈西尼的署名还是阿戈斯蒂尼（Agostini）……

桑贝：是的，我开玩笑取了这个名字，他其实叫勒内·戈西尼。我们画了好几幅插图，但我感觉很不好。在连环画里，有些预先画好的小格子，这种做法一点都不适合我。而他，勒内，很乐意做这些……对我来说，幸运的是，戈西尼和领导层——迪皮斯出版社[1]负责出版《斯皮鲁》[2]——闹得不愉快，然后他就被赶走了！既然他被赶走了，而我又不愿意跟其他人合作，于是就跟他一起走人了。我们中断了连环画的创作，只是想着将来有一天，他可以写些故事和短篇小说，而我可以配些插图。《西南报》时不时跟我们约一些配图文本，图多多少少反映文本的内容。跟《西南报》合作了很久以后，我们才报了《小淘气尼古拉》的选题。他们立即接受了这个提议，且每周连载。那时，勒内负责撰文，而我画得很少，因为配图的印刷太贵了，而且《西南报》也没有那么多版面！因此，我那时画的尺寸都是中等偏小。嗯，情况就是这样。有一天，当时德诺埃尔出版社[3]主编的夫人在《西南报》上看到了我们的作品。她

1. 迪皮斯出版社：1898年由让·迪皮斯（Jean Dupuis）创立。
2.《斯皮鲁》(*Spirou*)：比利时著名出版商让·迪皮斯于1938年成立的漫画周刊，先后刊登了众多标志着欧洲"第九艺术"的经典漫画：《斯皮鲁和方大炯历险记》（*Spirou et Fantasio*）、《幸运的卢克》（*Lucky Luke*）等。
3. 德诺埃尔出版社：创立于1930年，主要出版小说、连环漫画册，1946年并入伽利玛出版社。

在伽利玛出版社工作，正好到拉罗谢尔来度假。她对她的丈夫说：“你应该去跟戈西尼和桑贝联系一下，他们那个小淘气尼古拉的故事太有趣了，你应该把它们整理成书啊。”接着，他便和我们取得联系。一切就这样开始了！

马克：1956 年出版了第一本绘本……戈西尼撰文，您负责配图。配合得天衣无缝……

桑贝：的确，从一开始，《小淘气尼古拉》就是一个关于友情的故事。我们分享彼此的童年回忆。我向勒内讲述了有关足球、夏令营、学校里起哄的那些事。而勒内·戈西尼热衷于把这些回忆写成文字。从我说的故事出发，他营造出整个环境，创造了各种人物，设想了各种情境。就这样，我们创作出了大家所熟知的《小淘气尼古拉》。可以说，没有勒内·戈西尼，就不会有《小淘气尼古拉》。同样，没有我，也不会有《小淘气尼古拉》！您说得对：我们曾经是真正的好搭档，且不说将来……

马克：您们是怎么想出那些绝妙的名字的?

桑贝：这个嘛，是勒内。是勒内·戈西尼想出来的。

马克：可是它们跟桑贝您的个人世界是那么契合……

桑贝：是啊，不过我当时还觉得那些名字有点夸张。现在看来我错了，完全错了。

马克：这些绘本立刻就取得成功了吗？

桑贝： 完全没有。第一本书出版后，没什么市场。德诺埃尔出版社便不愿意出第二本了。幸好，那时出版界有一个温馨的惯例。如果某个书商一次性买了十二本绘本，就像买一打牡蛎会赠送一个一样，出版社会免费送他一本。有那么一位个头小小的女书商，我一直不知道她的名字，可惜！她定期会到德诺埃尔出版社买十二本绘本，然后带着十三本绘本离开。多亏了她，肯定是这样，德诺埃尔出版社同意出第二本绘本。正是因为这第二本书，我们接到了电视台的邀约，和皮埃尔 杜马耶[1]、皮埃尔·德格罗普[2]一起，参加了一档当时的知名节目，叫做《大众阅读》。上了档节目之后，哇，就这样开始了……一点点地……虽然很慢，但经久不衰。

马克：那时候上电视可以让书大卖……

桑贝： 是的，而且作者有时间聊自己的书，展示一些插图和插画。是的，是的，事情就是这样开始的。

马克：出了五本吧？

桑贝： 是的。但是这件事情非常复杂，因为当我们开始做绘本的时候，勒内·戈西尼想写作，而我想开始做画册。然后我对勒内说："听着，这些书会大卖的，我很确定。做完四五本之后，我们就不做了。你呢，接着写作，然后我弄画册。"我们做了五本。勒内·戈西尼想继续做下去并恰巧想创作一个小女孩的历险故事。但是我不想做了。因此我们关系一度有点微妙，然后就这样了。

马克：然后您彻底不做了！

桑贝： 是的。

马克：您知道《小淘气尼古拉》卖了多少册吗？

桑贝： 从我们出版到现在吗？不知道，我一点概念也没有。

---

1. 皮埃尔·杜马耶（Pierre Dumayet，1923—2011）：法国著名剧作家、制片人。
2. 皮埃尔·德格罗普（Pierre Desgraupes，1918—1993）：法国电视频道的记者兼导演。

马克：知道在多少个国家有卖吗?

桑贝：许多国家。可是，每当有人说到这个，米歇尔·图尼埃[1]那句让我记忆深刻的话便浮出脑海，而且我觉得他人很棒。米歇尔·图尼埃曾经在“法国文化”电台接受采访，有人提醒他说，他是法国作家中作品译介到国外最多的作家。然后他回答道：“是的，但他们从来不说卖了多少册！”

马克：您认为《小淘气尼古拉》获得成功的原因是什么呢?

桑贝：是因为自打第一本书出版，它就已经完全过时了！

马克：甚至在当时也一样吗?

桑贝：是的，已经很长时间没有穿短裤的学生了，课桌也不像我画的那样……事实上，我们无法将这段故事准确定位在某个年代……

马克：这是超越时间的，带着些许怀旧的意味……

桑贝：没错，就是这样。

马克：能具体说说，你们两个是如何分工合作的吗?

桑贝：大部分时间，勒内·戈西尼他写他的文本，然后他把文本带给我，我负责画画。实际上，我们就是这样合作的，并且我们也不讨论。

马克：那您有没有碰到这样的情况，比如修改戈西尼的文本甚至是自己动手创作呢?

桑贝：有，所有足球的部分都是我的创作，因为勒内·戈西尼他从未踢过球。我不知道他是否知道双方场上都需要十一名球员。我也不知道他是否懂什么是任意球什么是罚球……

马克：关于家庭，父母关系方面呢?

桑贝：我不掺和……并且我很讨厌勒内写“我的妈妈很漂亮”，它让我感到非常尴尬。这个年代的小男孩不会说“我的妈妈”，他们会说“我的母亲”。于是我和他之间发生了唯一的

1. 米歇尔·图尼埃（Michel Tournier，1924—2016）：法国作家，代表作有《桤木王》、《礼拜五或太平洋上的灵薄狱》。

1

2

3

4

5

6

《巴黎竞赛画报》，1953

一次争吵。我跟他说这不行，如果你要写的话，就应该写“‘我的母亲’而不是‘我的妈妈’很漂亮”。一个诸如此类的小男孩是不会说“我的妈妈”的。在这个问题上，我们吵了起来。后来，我就随他去了。

马克：为了回到童年，或者回到青春期，有些人说，我们只能让自己变成孩提时的样子……

桑贝：这么说的人，他们有什么证据呢？我非常怀疑那些动不动就下定论的人，我确实非常怀疑那些爱下定论的人。

马克：您或许可以说：“我觉得我非常怀疑那些人……”您最喜欢的句式是“我觉得”，也就是说不够肯定。

桑贝：“在我看来……”

马克：“在我看来……”您的口气还是比较确定的吧？

桑贝：嗯，没错！我确定的是，我对人类抱有无限景仰，他们未来会有能力并且现在也有能力做出神奇的事情。人类一直是这样。

马克：人类也会做出可怕的事吗？

桑贝：当然！

马克：那么，为什么在您心中还是对人性的欣赏占了上风呢？

桑贝：啊！（沉默。）因为如果不是这样的话，我会很悲伤。

马克：您是什么时候意识到这个世界是艰辛、复杂、令人难以忍受的？您无忧无虑的时光持续了多久？

桑贝：我感觉我从来就没有无忧无虑过。而且我以前一直都很迟钝，总觉得换个地方，我就能摆脱愚蠢和残暴，总觉得别处会更好。我以前一直有这种印象，甚至现在，我一边告诉自己我错了，一边在想自己是否还这样以为。

马克：您搬过几次家？

桑贝：好多次。

马克：总是抱着同样的希望？

桑贝：当然，每次都是。

马克：希望走向涅槃？

桑贝：说涅槃可能有点夸张了，不是吗？有一个人让我赞叹不已，是一个叫瓦西里·格罗斯曼[1]的作家，他写了一本书叫《生活与命运》。写这本书的时候他正遭受苏联作家协会的审查批判，他也不知道自己的作品能不能出版。后来书的手稿奇迹般的重见天日，作品终于得以出版，但可怜的老人在这之前已经去世了。在这本书中，他描绘了很多人在纳粹和专制体制压迫下惨绝人寰的生活状态，并得出结论说，他坚信一件事，那就是人性之善，并说只有善才能拯救世界。

马克：您也相信人性的善良吗？

桑贝：是的，没错，我真心相信。

马克：您相信人都是善良的？

桑贝：不一定每个人都是善良的，但人性之善是存在的，而有些人具备这种品质。

马克：小孩子让您恼火，您又知道并非人皆良善，但您还是对孩子和善良充满信心？

桑贝：对，没错，我有信心。不过我经常会失望，我对自己一点儿都不满意。

马克：您在尝试自我修正吗？

桑贝：应该说是自我改善，虽然我也不知道我有没有成功。有时候我几乎确信自己有所改善了，可是马上又发现其实并没有。

---

1. 瓦西里·格罗斯曼（Vassili Grossman，1905—1964）：苏联作家。早期作品多写经历过沙皇时代、地下斗争和国内战争的苏联普通人，风格写实。代表作有《斯捷潘·柯尔楚金》、《生活与命运》。

马克：您的画很少涉及青春期……

桑贝：那比较难画，非常困难。我画过一个小男孩，我不知道他有多大，十二岁或者十四岁吧，也可能十六岁。他带着嘲讽的表情，透过窗户看两个大人相互握手、脱帽致意……这样表现青春期就挺好。

马克：当我们看到青少年时，经常感到他们只要受到很小一点影响，就会走上正路或者歧途。这些复杂微妙的关头很难画出来……不过，在他们身上应该也能找出一些滑稽的事情吧……比如说，有些青少年穿的衣服怪里怪气……

桑贝：啊，我觉得青少年很可笑！通常，他们都不咋滴。我在青春期的时候，只有在跟比我年纪大的人一起的时候才开心。我觉得大学生尤其不一般，因为他们用的词、说的话，我都听不懂，比如说"钻牛角尖"。

马克：但您还是想和他们在一块儿，是为了显得更成熟吗？

桑贝：不是为了显得成熟，而是为了学习；他们知道我不知道的事情……我很遗憾自己没有深造的机会。

马克：还有那个站在水边的高挑女生，发育得太快，感觉有点无所适从……

桑贝：穿着黑色泳衣的那个女生？

马克：是的。

桑贝：不是，我不知道……可能是我不会画这类画……

马克：也许是因为您不感兴趣……

桑贝：我不知道。我亲爱的马克，我真的什么也不懂，如果您能帮我弄明白。为什么我那么需要别人，非常非常需要别人？因为我什么都不懂。啊，我知道应该作出努力，应该努力不要让自己犯嫌……但我真的什么都不懂！

马克：但您感觉自己还是努力过了……

桑贝：（沉默。）我认为，尽管显然还有很多缺点，我认为自己是一个蛮和蔼的人，但有一些很可恶的缺点，对别人、对我自己而言都是……

马克：嘲讽让人受不了，腼腆也让人受不了。您是不是也受不了这些?

桑贝：当然。

马克：嘲讽，我说的不是恶意的嘲讽。我说的是孩子们口无遮拦的瞎话。

桑贝：我有过很多麻烦。首先，我每只眼都害过三四次麦粒肿，这让我的眼睫毛全掉光了，一丝风吹来都让我眼睛很难受。我总有一堆麻烦事，于是大家总是嘲笑我。另一方面，我又挺好玩的。因此有时候很疯狂。

马克：童年，也是充满渴望的年纪。您渴望过什么吗?

桑贝：哦，当然渴望过，我想要一辆自行车。我更幻想，非常希望拥有平静的家庭生活。

马克：今天，孩子们已经不知道自己想要什么了，因为他们拥有太多的东西……您觉得这个社会能帮他们过上更好的日子吗……

桑贝：这个，我不知道，但我能知道的是，他们被越来越多地当成消费者来看待。而这一点，是的，这一点很可怕。

马克：不再因为收到一个礼物而感到简单纯粹的快乐了?

桑贝：快乐，马克，那简直是奇迹！快乐，奇迹，就像一见钟情，就像，我不知道该怎么说，就像友谊或恋爱的感觉，是奇迹。我觉得人之所以能活下去，是因为只有奇迹才是至关重要的……

至于其他：有社会学家，有你们希望听到的各种说法。菲利普 · 穆雷[1]做过很精辟的阐释。我们拥有很多东西，只是那些都不是最根本的。最根本的，是那个不可言喻、难以言表的东西，那就是奇迹。

1. 菲利普·穆雷（Philippe Muray，1945—2006）：法国散文家和小说家。

马克：奇迹被节日替代了，就像菲利普·穆雷说的那样……

桑贝：是的，但音乐节无法替代听一场耶胡迪·梅纽因[1]音乐会的感受……

马克：您掉了很多眼泪?

桑贝：是的，常常是当我想到我父母的时候。他们对我来说是至关重要的。

马克：当您说“他们对我而言是至关重要的”，这意味着什么?

桑贝：是他们赋予了我生命。

马克：他们在生活上帮助您?

桑贝：他们赋予了我生命！他们帮助我……

马克：……实现自我?

桑贝：实现自我，我不能这么说，因为我并不是很出挑。他们安慰了我。他们给了我温暖。简言之，我爱他们，我一直都爱他们。

马克：在您很多的画作中，那些来自富裕家庭的小男孩常常穿着格子外套，看上去天天也过得不是很开心。就好像那个不属于您的阶层也不比您所在的阶层过得更舒心……

桑贝：我呢，我不知道人们是否有过幸福的童年……我常听人们说小时候他们都苦闷过。无一例外。在资产阶级家庭，对孩子的教育非常严苛，日子应该没那么好过。

马克：快乐是不是更多地来自那些父母不加管教、放任自由的孩子?

桑贝：我不觉得。您问了我一个问题，我回答了。我不这么想。不，我不认为。

马克：是什么让孩子们美妙的想象力渐渐枯萎了?……比如在幼儿园，他们画一些充满诗意和天马行空的画。之后突然就变了，变得让人看了沮丧。

1. 耶胡迪·梅纽因（Yehudi Menuhin，1916—1999）：美国小提琴家，犹太人。7岁在其师帕辛格指挥的旧金山交响乐队伴奏下演出《西班牙交响曲》，被誉为“神童”。七十年代出版了自传《未完的历程》。

桑贝：美国有一位漫画家叫詹姆斯·瑟伯[1]。众所周知，是他写了《沃尔特·米蒂的秘密生活》，但没有人知道詹姆斯认识沃尔特。这个漫画家很神奇，他把那些没精打采的人画得很奇怪。他是用粉笔画的。因为看不清楚，他就用白粉笔在一块黑板上画。一天，他去找《纽约客》当时的主编哈罗德·罗斯[2]，他对罗斯说："我要去上绘画课，我得好好学学怎么画画。"罗斯回答他说："千万别这么干！您画得很好。如果您去学那一套，以后就会变成一个很糟糕的画家！"说得太妙了。您懂的！

马克：这话说得妙，但仔细想想也蛮可怕的。

桑贝：是的，不过杂志社主编能清醒地意识到这一点真是太棒了。不过，这跟圣埃克絮佩里的《小王子》还不一样，我觉得《小王子》画得很糟糕，如果让瑟伯画，他会画得更好！但不这么画又不行，因此应该算画得好的。

马克：在您的画中学钢琴的孩子，他们在弹什么？

桑贝：练习曲。您学过一点音乐吗，您？

马克：没有，完全没有。如果当初逼我学……应该逼孩子学吗？

桑贝：是的，我是这样想的。我呢，一切都是我自学的，所有一切，我跟您说我可没少遭罪。我自学了自由泳，所以我一直都游得不好。甚至在我游得很自如的时候，我还是游得不好。动作有瑕疵。

马克：当初或许有什么人可以教您画画？

桑贝：可以教我入门，是的。我曾经很想有个老师，那是我的梦想。

---

1. 詹姆斯·瑟伯（James Thurber，1894—1961）：美国作家和漫画家，最成功的作品要数他那些冷面滑稽的讽刺小说，比如《当代寓言集》和《当代寓言续集》。他尤其擅长刻画大都市中的小人物，笔法简练新奇，荒唐之中有真实，幽默之中有苦涩，被誉为"在墓地里吹口哨的人"，还有儿童读物《十三座钟》。
2. 哈罗德·罗斯（Harold Ross，1892—1951）：美国编辑，1925年创办了《纽约客》杂志，一直任该杂志主编直到去世。

马克：或许没人教更好，就像詹姆斯·瑟伯说的？

桑贝：不，我花了很长时间摸索。哪怕是画水彩的时候不让纸翘起来！如果没学这些基础的东西，会浪费很多时间！

马克：我说的不只是这类学习……

桑贝：是的，我知道！不过这也是其中的一部分。

马克：比如当初您想学透视法？

桑贝：啊不，那个不需要！那个，我一直眼中有数。而且我对此那么自信以至于有时候我会犯很可怕的错误，连我自己也没有意识到。我对自己说：是的，我知道，我知道。于是，我画出了一些很糟糕的画。

马克：独自一人编造自己的生活，这是您一直神往的事情，到今天还是这样吗？

桑贝：我想本性难移吧……

马克：回归现实很复杂吗？

桑贝：是的，于是会拒绝接触现实。不过我努力让自己不那么爱幻想。可惜，只要我从一家有乐器的商店门前经过，马上我就听到音乐，我就魂不守舍了，心就飞走了……好了，我听到拉威尔的《左手钢琴协奏曲》，听到德彪西、斯特拉文斯基、艾灵顿公爵……好了，我又来到了属于我的世界，完全和现实错位、脱节。我不复存在。

马克：其他人也不复存在。

桑贝：啊，一切都不复存在！我走神了，我可以这么直勾勾地盯着钢琴或小号看一刻钟。

马克：难道这不就是您喜欢的吗，神游到别处？

桑贝：当然，我想是的。这越来越难了。

马克：那一刻您忘了真实……

桑贝：我一直都是这样。

马克：因为现实让您有点厌烦？

桑贝：真相不会让我厌烦，但现实会，是的。而真实不过是真相的表象。

马克：看来您是伊曼努埃尔·康德的信徒！康德对此做过很多阐释，说人们只能认识到现实的表象。

桑贝：我很希望。我希望他把这点阐释清楚，因为一切都基于此。

马克：您读过康德的这本书吗？《未来形而上学导言》，就是在这本书里他阐释得挺清楚的。

桑贝：“导言”是个挺动听的词……可以是一个忠心女仆的名字……

马克：别人跟您说话的时候，您经常走神？

桑贝：这很可怕，很可怕。这能看出来吗？哦不……我已经很努力了……要是您知道每天我有多努力！

马克：您来到巴黎之后，大家就感觉您一直在工作。好像其他一切都不重要……

桑贝：是的，是的，不过我怕工作。于是，我一直都有一种负罪感。事实上，不管我在哪里，我总是想着一堆事情和人。这让我精疲力尽，让我永远得不到休憩。我不知道该怎么描述，这个。我可以成千上万次地想，列奥纳多·达·芬奇是怎么画出蒙娜丽莎的微笑的？画这幅画前他在想什么？他是什么时候决定画这幅画的？他在画的过程中决定画微笑的蒙娜丽莎，还是他请她换过姿势？还有之后他又是用什么技法来表现的？

而这些问题都是无解的，不可能有答案。而我却苦思冥想，绞尽脑汁，且周而复始，三个月后，又有了新的疑问：啊，对了，列奥纳多·达·芬奇有天早上对自己说：“我要画某人的夫人，我需要一块木板。”于是，我对自己说：“他的那块木板，到底是什么，我得找卢浮宫的人问一问，是不是当初就有点像现在一样有弧度，不，肯定不是，但那块木头到底是什么？”

而到了这一步就回不了头了，我停不下来了，我让自己的生活变得一团糟。而且我还能从列奥纳多·达·芬奇联想到别的问题，天知道是为什么，“对了，让·诺安[1]是怎么找到……《早安》这首歌的灵感的？”我从列奥纳多·达·芬奇开始瞎琢磨，然后联想到让·诺安，这么一来，我又联想到让·诺安的弟弟克洛德·多芬[2]，我很喜欢克洛德·多芬，然后我对自己说，对了，我记得有一天我在街上看到他喝醉了，他为什么喝酒？他是不是一直酗酒？……我不知道。就这样！就这样！我不断用诸如此类的问题来自寻烦恼。

马克：不过这是否恰恰只是为了逃避现实……

桑贝：……我不知道。现实，现实是什么？

马克：现实就是和我们一起生活的人，跟我们一起交谈的人……现实，就是一种交换……

桑贝：我无法回答。

马克：现实，就是一些让您在某个晚会上感到无聊的人，突然，他们开始谈论您完全不感兴趣的事情……说到底，难道您不是跟自己独处的时候感觉最幸福？尽管和您嘴上承认的正好相反……

桑贝：也许吧。我不知道……

马克：事实上，是现实让人感到厌烦？

桑贝：若说现实，纳税申报，是够烦人的。

马克：不过，这个是一个您常常遗忘的现实，不是吗？

桑贝：我认为只有感情才重要。剩下的一切，我们不清楚是什么，或者说我们太清楚是什么了。

1. 让·诺安（Jean Nohain，1900—1981）：法国剧作家、词作家、广播及电视制作人和主持人。
2. 克洛德·多芬（Claude Dauphin，1903—1978）：法国演员。

马克：您逃避现实，但同时，您给人的印象是您很快就自学成才、找到了人生的方向。

桑贝：而我一直在寻找一个父亲，一个母亲！……（笑。）多么矛盾！不，有些人我很喜欢。当我十一二岁的时候，我很喜欢我在广播里听到的人。于是，我敲打我能敲打的一切。可以是一个鞋盒子，一个木头箱子，如果木板不太硬的话……我可以花几小时去琢磨我喜欢的打击乐手肯尼·克拉克[1]敲出来的音色，他当时在迪兹·吉莱斯皮[2]的乐队演奏。我也可以成天哼几支查理·帕克[3]最著名的曲子，因为我对新爵士乐很痴迷。父母把我当疯子看，但什么也无法阻止我去听我喜欢的乐曲！

我在波尔多做葡萄酒掮客的时候，我运货用的自行车嘎吱作响。刹三次前轮，我可以模拟出三个像艾灵顿公爵乐队小号手猫·安德森[4]吹出来的三个超高的高音。我只要把鞋底伸进自行车辐条里就可以得到动感节奏的伴奏。我下巴上的伤疤，就是我五十年代在波尔多的圣卡特琳娜路和管家公寓的拐角上演“自行车变奏曲”给磕出来的。你自然而然就会从喜欢的人身上学到东西，这点很美妙。

您知道我是怎么开始喜欢德彪西的吗？对我而言，那就像是一个奇迹。有一档雷·范图拉和他的乐队的节目，当指挥范图拉说话的时候，有钢琴师在一边弹弹小曲给他伴奏，忽然我听到一段旋律，我觉得很美妙，我在心里琢磨这是哪首歌，太美了！我不知道它是什么……几天后，在摆弄我的收音机的时候，我偶然调到国家台，正在播桑松·弗朗索瓦[5]的访谈，他谈到《贝加马斯克组曲》，之后放了一段他唱片的选段，德彪西的《月光》，我意识到这就是雷·范图拉乐队的钢琴师在指挥说话的时候随便在钢琴上弹奏的背景音乐。所以多亏了雷·范图拉，我才开始热爱克洛德·德彪西的。您看这些事是多么奇妙……

马克：您身上一直有这种学习的渴望……

桑贝：当时我没想过求知欲这个问题。但我喜欢保尔·米斯拉基[6]的故事，他是雷·范图

---

1. 肯尼·克拉克（Kenny Clarke，1914—1985）：爵士乐手和乐队指挥。
2. 迪兹·吉莱斯皮（Dizzy Gillespie，1917—1993）：被誉为使人“眩晕”的小号手，波普爵士乐风的宗师，拉丁爵士的创始者，是兼具小号手、编曲、乐队经理及歌手等多重身份于一身的爵士乐坛大师。
3. 查理·帕克（Charlie Parker，1920—1955）：美国中音萨克斯演奏家，对波普爵士乐贡献巨大。
4. 猫·安德森（Cat Anderson，1916—1981）：美国爵士乐小号手，在艾灵顿公爵乐队待了很多年。“猫”是同学给他取的绰号，他用它做名字用了一辈子。
5. 桑松·弗朗索瓦（Samson François，1924—1970）：法国钢琴家。
6. 保尔·米斯拉基（Paul Misraki，1908—1998）：法国流行乐和电影配乐作曲家。

《巴黎竞赛画报》，1957

拉乐队的主创作曲家，是他写了《侯爵夫人，一切都很好》。谁都不知道他的名字，但谁都认识他。有一天，保尔·米斯拉基对我说："你知道，我要告诉你一个秘密——当时我和他在利普啤酒屋[1]——我要告诉你一个谁都不知道的秘密。"我呢，我对他说："可这个秘密我知道。"他对我说："你不可能……"而我对他说："可能，可能，我知道你的秘密。你的秘密就是你从《达芙妮与克罗伊》[2]中得到灵感创作了雷·范图拉乐队广播节目的预告曲。"他对我说："可你是怎么知道的？"我把这件事说出来是因为他现在已经去世了，否则我永远都不会说的……我跟他解释说："有一天，我听雷·范图拉的节目的时候听到（他哼起曲子），几天后我在国家广播电台又听到（他哼起了曲子），我心想这挺像保尔·米斯拉基作的曲子，就这样……"他惊呆了，米斯拉基！有趣的是，有些东西生生不息，却不知道从何而来……

马克：就像您说的这些逸闻趣事，让人感觉是……

桑贝：……偶然造就了我的人生！

1. 利普啤酒屋：1880年开业，一家历史悠久的酒馆。
2. 《达芙妮与克洛伊》：拉威尔根据同名音乐剧创作了芭蕾舞曲。

马克：但根本没有偶然……

桑贝： 啊，都是传闻！不幸的是，我害怕有命运、偶然，很多诸如此类不由自主的东西……

马克：……让我们招架不住？

桑贝： 现在屋顶上就飞着偶然。是的……啊，不！当我看到西蒙娜·德·波伏瓦说："没有偶然。说到底，偶然，难道不是个性使然？"这让我看了非常气愤！偶然，难道只是个性使然？

马克：您不觉得自己是个个性很强的人？

桑贝： 可以这么说……但我只能这么做。不，这不能算个性。我得自己解决问题……我没有任何优点。

马克：这跟优点无关……有些时候需要做出选择。有些时候要说行或不行。

桑贝： 我讨厌做选择。当要我做选择的时候，我会做很多选择，因为我只能这么做……没有任何优点，真的！

马克：不过在只能这么做之前做出一个选择会不会让生活变得简单？

桑贝：（笑。）啊，是的。不等到山穷水尽时再选择……啊，的确如此，但这样一来，就是另一回事了……

马克：说自己别无选择，是为了给自己开脱吗？

桑贝： 如果您这么看的话……我呢，我已经准备好什么说法都接受。不过现在重感情是不是一个缺点？您觉得商人有感情吗？不过我们是不是有点偏离童年这个话题了，亲爱的马克……

马克：那就言归正传。您喜欢谈论您的童年吗？

桑贝： 从您已经了解到的情况看，我显然是不喜欢谈。不过，从另一方面来看，有时候提到一些童年回忆，我忍不住会感到某种快乐。我不知道为什么，我感觉自己又被带到了另一个世界，这一点我不能说它是坏事。是的，我承认，说一些事情的时候……关于生活，关于日常生活，我心中会涌出一种快乐。

马克：当您回想这些快乐时光时，有哪些是真正属于幸福的时刻?

桑贝：所有失去的东西，人们并不是都能意识到，不过会在某些刹那间回想起来，嗅觉上的愉悦，花园的气息，浇过水的植物的气息，还有当人知道自己老了心头会涌起的那种奇妙的感受：曾经年轻过，孩子气过，而这种感觉很特别。我坚信人们会给曾经经历的事情涂上一层虚假的幸福光环，人人都忍不住会这么做。

马克：确切地说，当有人跟您提起波尔多，您有什么感受?

桑贝：波尔多的公园，那里有很多树，很多植物，也有不少垃圾。而且还有一个印象，就是当我们长大后，一切都会变好的。而这个，就是童年之所以最美好的理由之一，想着有朝一日，一切都会变得很好。而且我们深信不疑。

马克：所以说，童年是积极向上的?

桑贝：啊，这个我不知道。不过我小时候是积极向上的!

马克：您感觉现在还是这样吗?……

桑贝：(沉默。)哦……是的。是的。不过这得感谢别人，这一路我遇到的人，所有这些情谊……一直以来的欣赏，当然还有快乐。

马克：在您看来，从几岁开始就算老了?

桑贝：从开始交税起，我觉得是……

马克：所以说，很早就……

桑贝：是的。未老先衰。好像某种通行证被没收走了。幸好，身上的细胞随着年岁增长也会提醒我们要循规蹈矩。我还保留着小时候的嗅觉，那些幸福的感受，尽管心里明白，那些幸福的感受不多，可一旦感受到了，就非常强烈。

马克：您从几岁开始交税?只是想知道您是从什么时候开始走出童年的……

桑贝：很早，因为我很早就结婚了。当时我还是军人，我在军营里没有床位。我在军队有一份差事，但这个岗位是给家在巴黎的人设的。显然我跟部队撒了谎，

我家不在巴黎，不过我住在巴黎一间旅馆客房里，因此我得支付旅馆客房的费用，这可是一个让人很头疼的大问题。所以，那段日子很可怕，很可怕。

马克：艰难的童年过后，是可怕的巴黎生活……

桑贝：是的，很艰难……

马克：但还是比波尔多要强？

桑贝：那是！

马克：您感觉自己成了命运的主宰？

桑贝：我感觉自己走出了地狱。我还不是命运的主宰，但我已经离开了地狱。

马克：在波尔多是地狱，在巴黎，一开始是炼狱。那么天堂呢，是什么时候？

桑贝：（很长时间的沉默。）哦天堂，是什么时候……（沉默。）我觉得，是当我完成第一本画册的时候。尽管我允许它有、有过，甚至留下了很多瑕疵。清楚自己的作品质量不高，又没办法做得更好，是很烦人的。

马克：这种感受，公众的认可也丝毫不能改变？

桑贝：还是会有一点点改善，但说到公众的认可，有点言过其实了。

马克：但您还是很清楚地意识到自己成了一个明星？

桑贝：一个什么？（笑。）不，我只是意识到自己得继续下去，就是这样。

马克：人可以成为偶像，并继续努力保持自己的偶像地位。您的画成为一个标杆并非偶然。在歌中，在书中，大家都在谈论“桑贝的小人”……

桑贝：有时候这会让我感到开心，但我并不因此就很肯定，也是在我们的聊天中，我慢慢发现，或者说我才确信：我一直保留了一种有时候有点可笑的精神状态。我真的有一点很可笑的孩子气，这让我很恼火，但没办法，就是这样。

几年前，当我看到孩子们在踢球，我就忍不住要跟他们一起玩！有一次，我带球过了两三个小孩，射门并进球了。我听到其中的一个小孩对另一个说："这是个职业球员！"我很骄傲，非常骄傲。我若无其事地离开了，但还是忍不住有点得意地晃膀子！！！

马克：还有其他时候您会表现得像个孩子吗？

桑贝：太经常了，跟正儿八经的人在一起，我总想着能整出什么幺蛾子……

马克：有时候您会付诸行动？

桑贝：是的，我承认有时候我做一些傻事只是为了找乐子！有一天，我跟一个自命不凡、说话文绉绉的人在一起。当他跟我说话的时候，我发誓在聊天结束前肯定会跟他翻脸。然后我真的就没忍住。我翻脸了！我想他有点惊讶。但我很开心！

马克：这是一种打破常规的方式？

桑贝：不如说是一种捣蛋的方式吧。有一天，在《快报》开编辑部会议的时候，让-雅克·塞尔万-施赖伯[1]滔滔不绝，我跟坐在我隔壁的同事打赌我会说："鼻上长毛！"当让-雅克·塞尔万-施赖伯说："结束了，我们去午餐。"我说："鼻上长毛！"说得很大声。大家都傻傻地笑了，只有JJSS[2]没笑！这不是一种本事，但我承认我对那些在某个瞬间可以重新变成孩子的大人有一种好感……但也不会因此去抱怨那些没有这种能力的人。

马克：很久以来，人们发现，在您的一些漫画作品中，有一些忘记了自己年龄的大人……

桑贝：不如说他们允许自己有那么一会儿逃离现实。就好像是给自己吸了氧……我记得曾经在意大利的一个火车站偶遇达里·库尔[3]。他只简简单单地对我说了一句："看！"然后他就从火车站的这头走到了那一头，一点也不夸张，但所有人都笑了。他的脚步有点奇怪，却不算过分。但这个戴眼镜的小个子男人放飞了一下自我，把所有人都逗乐了。

1.让-雅克·塞尔万-施赖伯（Jean-Jacques Servan-Schreiber，1924—2006）：法国记者和政治家，1953年他和弗朗索瓦兹·吉鲁一起创办了《快报》。

2.让-雅克·塞尔万-施赖伯姓名的首字母缩写。

3.达里·库尔（Darry Cowl，1925—2006）：法国演员和音乐家。

马克：那个在海滩上自以为是飞机的成年男子，他和孩子们一样，梦想自己会飞？

桑贝：可以说有那么一瞬间，他忘我了……

马克：他跟您像吗？

桑贝：我不知道。或许是吧。不过，如果算是的话，那也是一种对自己缺点自嘲的方式。一种想要逃离现实的笨拙尝试……

马克：您是否更希望自己成为银行家、操盘手，一个负责任又正儿八经的成年人?

桑贝：不，我更希望自己可以独立一点。我对一切都有很重的依赖……假如，我力所能及地画了一幅画，不单单是一幅漫画，不如说是画了一个不错的人物，我就有了一点点自信。但到了第二天，又得从头开始，得再来一次……

马克：从某种方式来看，您从事的是一份自由职业……

桑贝：那是因为我没有如愿，我梦想可以每月领一份工资。我心想，知道自己每月可以拿到一份工资的人应该是幸福的……

马克：当谈论童年这个话题的时候，绘画、文学、摄影界有没有一些您特别欣赏的人……是不是有些人很好地表现了童年这个主题?

桑贝：这问题问得！（长时间沉默。）可以说我常常想到爱德华·布巴[1]的一张照片，拍的是海滩上一个戴帽子的小女孩。如果我记得没错的话……有时，也会想到杜瓦诺[2]……在一群小资面前，两个小男孩用手撑在地上倒立行走……还有毕加索，我觉得他画了一些关于童年的画，画他的孩子们……

马克：《纽扣战争》，路易·佩尔戈[3]写的，您觉得有意思吗?

桑贝：不。对我而言，不感兴趣。我很清楚自己对童年的印象完全是虚假的；我千方百计逃离我一点都不好玩的童年，显然我会去美化那些我能想到的、梦寐以求的童年时光。

马克：那么雅克·塔蒂[4]呢?

桑贝：当然。谁不曾梦想拥有这样一个舅舅，一个这样的亲戚？是的，就是这样。在《节日》一片中，小男孩最后跟着装着马匹的卡车奔跑，太美妙了。

1. 爱德华·布巴（Édouard Boubat，1923—1999）：法国摄影史上重要的人文摄影师代表之一。他的作品没有过多时代的惆怅，反而不断表现过去的那些美好时光，因此有人称他为“拿着照相机的诗人”。
2. 杜瓦诺（Robert Doisneau，1912—1994）：法国摄影大师，和亨利－笛卡尔·布列松齐名。两人摄影都以纪实为主，但风格迥异。杜瓦诺专注拍摄巴黎，擅长在日常生活中捕捉幽默风趣的瞬间。
3. 路易·佩尔戈（Louis Pergaud，1882—1915）：法国作家，在一战中阵亡，年仅33岁。《纽扣战争》是其代表作，再版了三十多次。
4. 雅克·塔蒂（Jacques Tati，1907—1982）：法国喜剧演员、导演，有“法国卓别林”之称，代表作有《我的舅舅》、《于洛先生的假期》、《魔术师》等。

马克：您是否同意这个观点，有一群人看待童年的目光跟您有点像？

桑贝：是的，有点儿。是的，那当然。是的，但也不一样。这显然会有一些成见、幻想和一厢情愿的东西，希望一切都如自己所愿，而事实上从来都不是这样。人们根据自己想要的样子去扭曲自己的童年回忆和欲望。

马克：如果可以昔日重来，您希望拥有怎样的童年？

桑贝：可能您会觉得可笑！我想我希望拥有逼我去弹钢琴、逼我去学一堆通常而言让孩子们深恶痛绝的东西……的父母。

1

2

3

《巴黎竞赛画报》，1955

马克：换言之，能教育您的父母。

桑贝：是的，教育我，是的，就是这样。给我一个教育模式，而我的教育模式是很没有章法的。我东学学西学学，显然，我会搞错，会走弯路。

马克：不过，看您画的一些画，学拉小提琴的小男孩或学弹钢琴的小女孩似乎都是不开心的样子……

桑贝：啊是的，一点也不开心！但我遇到过的大多数音乐家都告诉我说，如果不是当初被“绑”着学音乐，如果当初没有人逼他们，他们没准就放弃了。

马克：约束是可恶的，但却是必不可少的？

桑贝：是的，一切都如此。没有规矩不成方圆。而我呢，我总是尽量去超越这些束缚，绕过它们……

马克：所以，说到底，您当初是太自由了？

桑贝：是的，我当初太自由了，如果可以这么说的话，但我是身不由己。

马克：对您而言，童年是五彩的，而成年会比较灰暗一些？

桑贝：对我而言，是的。是的，是的！

马克：为什么？

桑贝：您看看大街上，孩子们的衣服都是五颜六色的，戴着红色或黄色的帽子。而男士们常常穿着灰色的西装，有时候是蓝色，褪色的蓝色，要么是银行职员，要么是证券经纪。可能是为了看上去更严肃。因为大人就应该正儿八经。

马克：即使他们并不一定是这样。

桑贝：显然，大多数时间里，大人们都不是很严肃，您应该也注意到了！否则就不会有那么多悲剧、战争、危机，那么多难以置信的事情，不是吗？

马克：这是否意味着您用来描绘童年的颜色，也是无忧无虑的美好时光的标志？

桑贝：啊，是其中的一个元素。童年时期，显然很懵懂无知。很多事情孩子们都不了解。所以童年才有无忧无虑的一面，但也有懵懂无知的一面……对他们而言，幸亏如此！童年，或许就是对很多事情都只是一知半解，这种天真无知的状态等哪天失去了，我们就会怀念。

马克：这种天真无知可以让日子过得更好吗？

桑贝：我想是。如果人们马上把收到的所有信息都一股脑告诉孩子，那会让他们很难受。所有小孩都会受到创伤，永远都不想再起床。或者说，永远都不想躺下睡觉……

马克：童年，也是不听话？

桑贝：是的。但我不能谈论童年。我只能谈论我自己的童年感受和个人看法。有人可能会有跟我很不一样的看法，我也不能证明自己说的是对的。我不能，这不是一种非常……确定的东西。不，不是。在我看来，是的，在我看来，童年是一种不听话的表现形式，不过没什么大不了的。

马克：不听话……还有率性？

桑贝：是的，比起不听话，我更喜欢“率性”这个词。

马克：对孩子而言，没有规矩，也没有准则？

桑贝：在我看来，是的，但孩子可以行动的空间是很局限的。所以，不听话，除非一些特例，从来也不是什么大事儿。

马克：那么，是什么让孩子变得严肃？

桑贝：在社会上讨生活。那种必须找一份工作，必须不断学习的艰辛。这纯粹是个人意见，因此不见得正确。

马克：孩子气、无忧无虑、率性会随着时间的流逝而受到侵蚀吗？

桑贝：是的，不过也要看个性而定。您注意到有些小孩很早就已经很严肃了，非常严肃。

马克：是不是他们生活的社会环境对他们有很大影响？

桑贝：非常大。非常大。我想，这也是一些男孩子离家出走的原因之一。我记得我小时候，我经常离家出走。经常。因为说到底，大人对孩子的要求是什么？是要他们乖。一个孩子是不可能乖的。要乖，要好学，要有好成绩，要准时回家，要和兄弟姊妹、小伙伴们、大人们友善。总而言之，潜移默化地给了他们一堆行为准则。

马克：这些都是社会生活的规范。

桑贝：当然。您怎么看？

马克：不过，当您说孩子是不可能乖的时候，您的意思是？

桑贝：一个小孩是不可能一整天都做乖孩子的！他总会一不小心打碎什么东西，或者去想别的东西，不可能不是这样。

马克：总的说来，您觉得孩子挺好玩的？

桑贝：是的。

“生意……钱钱钱…… 总是没完没了的生意……你背叛了你身上曾经有过的那个少年……”

“起初，组织这些研讨会我还觉得蛮有意思的。现在，不知道为什么，有时候我感觉自己都要哭了。”

马克：但好玩不了多久？

桑贝：我不喜欢他们搅和到大人的生活中去。我啊，如果同桌吃饭的有几个孩子，而且要编故事哄他们，装得跟他们一样幼稚会让我感到厌烦。会让我觉得无聊！非常非常无聊！或者说，当有人对您说："可是，不要用这类词语，他听不懂……"啊，好吧，才不要。我呢，这会让我很恼火。

马克：您有一些跟您的孩子们一起的令您印象深刻的时光吗？

桑贝：我以前不是好父亲。我以前不是好父亲，那是因为，如果我可以这么说的话，我是自己一个人长大的，我讨厌要去照顾一个孩子……对我而言，他应该自己面对，是的，他应该自己面对。我不是一个好父亲。对此我并不释然。

马克：教育，还是要的……

桑贝：怎么教，怎么教！我现在不知道……以前也不知道。我曾经当过很长一段时间的夏令营辅导员，所以我曾经带过孩子，我向你保证，那可不是件容易的事。要时刻警惕，当他们跑去水里玩，要告诉他们："你们不能越过这条界线。"他们却跑去更远的地方。哦啦啦！真怕他们会淹死……

马克：孩子们的自由是很折腾大人的……

桑贝：非常可怕！

马克：所以，要有规章制度。

桑贝：绝对的。必须要有规范。然后他们自己看着办。就像我们小时候一样，要自己去面对。要会编故事，要机灵，不能做个小混蛋，尤其不能，只要学会独自面对就好了。

马克：像大人一样，小孩子有时候也会自作聪明"耍心眼"……

桑贝：啊是的，这很可恶。耍心眼的孩子让人受不了！

马克：这是童年的缺点之一。

桑贝：这也是那些本应该毫不犹豫惩罚他们的父母的缺点之一！

马克：在多次被耍之后，您，您打过您孩子耳光吗？

桑贝：我曾经几个月想找机会扇我女儿一个耳光。一天，我给了她一个耳光，而她回了我一脚。这把我逗乐了。

马克：经历过像您这样的童年是否有助于教育自己的孩子呢？

桑贝：啊不，简直就是一场灾难。那就像走进了一种充满愧疚的生活。这也是我常常问自己的一个关于孩子的问题。比如，我，我对金钱有一种执念。要知道我父母经济上非常拮据，当圣诞节临近的时候，我整晚整晚都在盘算……我对自己说："想想看，他们可以怎么解决……"因为我母亲希望过圣诞节。而我知道这得花钱。于是，我成天就在算账，因为我知道各种东西的价格，心想："他们要花多少多少钱……他们从哪里找钱啊？"于是我就非常非常非常烦恼。而显然，我的孩子们没有真正的烦恼。

马克：您觉得自己没有受过家庭教育？

桑贝：完全没有。我记得，当我到了巴黎，有一天，我去别人家里做客。我谁也不认识，但为了装斯文，到了以后，我没有说"你好或晚上好"，而是说了"先生们女士们，晚上好"。这很可笑，但我自以为很高雅！

马克：艰苦的童年让您想装斯文……

桑贝：是的。

马克：想变得高雅。

桑贝：这个，我不知道。

马克：与此同时，如果说去圣特罗佩度假是一种心理补偿的话，人们从不会觉得您在犯傻。您一直都是您自己的看客……

桑贝：的确，不过我觉得很早之前我就被塑造成这样了。

马克：有些人完全不是这样。

桑贝：啊是的，我知道，我认识一些……

马克：这种永远都不自欺欺人的清醒，是一种智慧的体现吗?

桑贝：(长长叹了口气。) 要非常非常非常非常聪明。否则……随着年龄的增长，不过我更年轻——不那么老——的时候就已经这样了，我还是被自己做过的傻事惊呆了。惊呆了。我对自己说：我怎么会这么傻！我怎么会这么傻！这么愚蠢？这么无知……傻事让我着迷，尤其是我自己做的傻事。我觉得太可怕了。

马克：而与此同时，对自己的傻事保持清醒，这也是一种智慧的体现。

桑贝：我认为这是尊重生活的体现。我们站在人生的窗口，对它说："听着，原谅我，有时候，我太傻了，对我好一点，因为，真的，这太难以忍受了。"

马克：当您去到某个地方，人们看到让－雅克·桑贝来了。而您，您是带着您的腼腆来的。这会造成一点错位，不是吗?

桑贝：有很多人不知道谁是让－雅克·桑贝。而且，我对此毫不在意。当一个人从早晨开始就要独自面对他的画纸，我向您发誓，他不知道谁是让－雅克·桑贝！他更希望自己是一个网球冠军，一个赛车手，一个职业足球运动员，一个做研究、有好几个学位、已经证明他找到了什么东西的学者，尤其不会是一个可怜的、想到他必须找到一个灵感就伤透脑筋的插画师！

《笨拙》的封面，1961

马克：这不妨碍这个问题依然存在。您不在意自己是谁，但您就是……

桑贝：或许吧。这个问题我听您的。

马克：人们来见某个他们崇拜的人。

桑贝：夸张了！

马克：我还是要说：某个他们非常崇拜的人。

桑贝：太夸张了！

马克：就说是某个给他们带来幸福的人吧。让他们逃离，思考，微笑，大笑……

桑贝：如果是这样，我会很开心。

马克：在您签名的时候，人们一想到能见到您都激动得心怦怦直跳……

桑贝：当人们这么跟我说的时候，我很感动，很激动。曾经碰到过一些人，他们跟我说过的话同您对我说的差不多，我被深深地打动了，深深地感激他们。哦，是的，这让我很开心。

马克：但这并不能让您放心，并不比对您的工作千篇一律的好评更让您感到放心？

桑贝：让人放心的，是将要做的事，而不是已经完成的。并不是已经做出了什么就可以确保还能继续……我呢，我只想着要做的事，我应该做出什么东西来，而这个是未知的。我有没有能力，我要做什么，这意味着什么，是不是值得……

马克：您童心未泯，但焦虑不安……

桑贝：哦是的，而且是非常不安，非常非常不安。对我做的事，对我说的话……

马克：是不是因为这个您才常常引用让·波朗[1]的这句话："就当我什么都没说。"算是一种自我保护或自我掩饰？

桑贝：是，也不是。可能是我道听途说来的，也可能是我曾经读到过的。让·波朗，我不认识他，

1. 让·波朗（Jean Paulhan，1884—1968）：法国评论家。

他写过一本书，其实是好几本书，不过有两本书的书名我很喜欢：一本是《塔尔布之花》，这本我买了，第二本是《在爱情中慢慢进步》。我买了这两本对我而言非常无聊的书，完全不感兴趣，但书名很吸引我。

于是，每次我在广播或其他地方听到让·波朗的名字，我都会听一听，看一看。有一天，我读到他有一个习惯，在《新法兰西评论》杂志社每次长篇大论完，都要来一句“就当我什么都没说”作为结束，我觉得这让人很受不了，但同时又非常优雅。我确信假如我是他的员工，总有一天，我会受不了，我会一巴掌拍在他的脸上，然后理所当然我就被辞退了。“就当我什么都没说”，这很美妙，但也让人难以忍受。

马克：为什么?

桑贝：有人给你上两小时“课”，你听得累死了，脑子都涨了，这位先生站起身，手臂一抬，看着你的眼睛，带着一丝嘲讽的微笑对你说：“就当我什么都没说！”

马克：的确，但也可以有另一种理解……

桑贝：不，或许有另一种理解，但我不会那样去想。我的想法和别人不一样，当我的想法和别人不一样的时候，我就感到不自在。因为如果是我经历了那样的事情，我肯定不会那样去想，我肯定会受不了。

马克：或许，您可以把说“就当我什么都没说”，理解成是出于低调……

桑贝：是的，但我这么做的时候，我就浑身不自在。您肯定想象不到在一天里我会不自在多少次……我很不自在因为每时每刻我的内心都在纠结。然后我就很不自在，很难受。我经常对自己说“就当我什么都没说”。我觉得自己很装，很粗俗，很油腻，很笨拙。

马克：既然您是自找不自在，那您有想过自我调节吗?

桑贝：当然……当然。哦，想过！

马克：于是您做了一些努力?

桑贝：是的，是的。但所有努力有一个特质，就是从来都没有奏效过。从来没有。不过，“就当我什么都没说！”

ES FLOTS BLEUS

Sempé.

Sempé.

APERITIF
BYRRH

TCHOU
TCHOU
TCHOU
TCHOU

08347HP
3H250W9

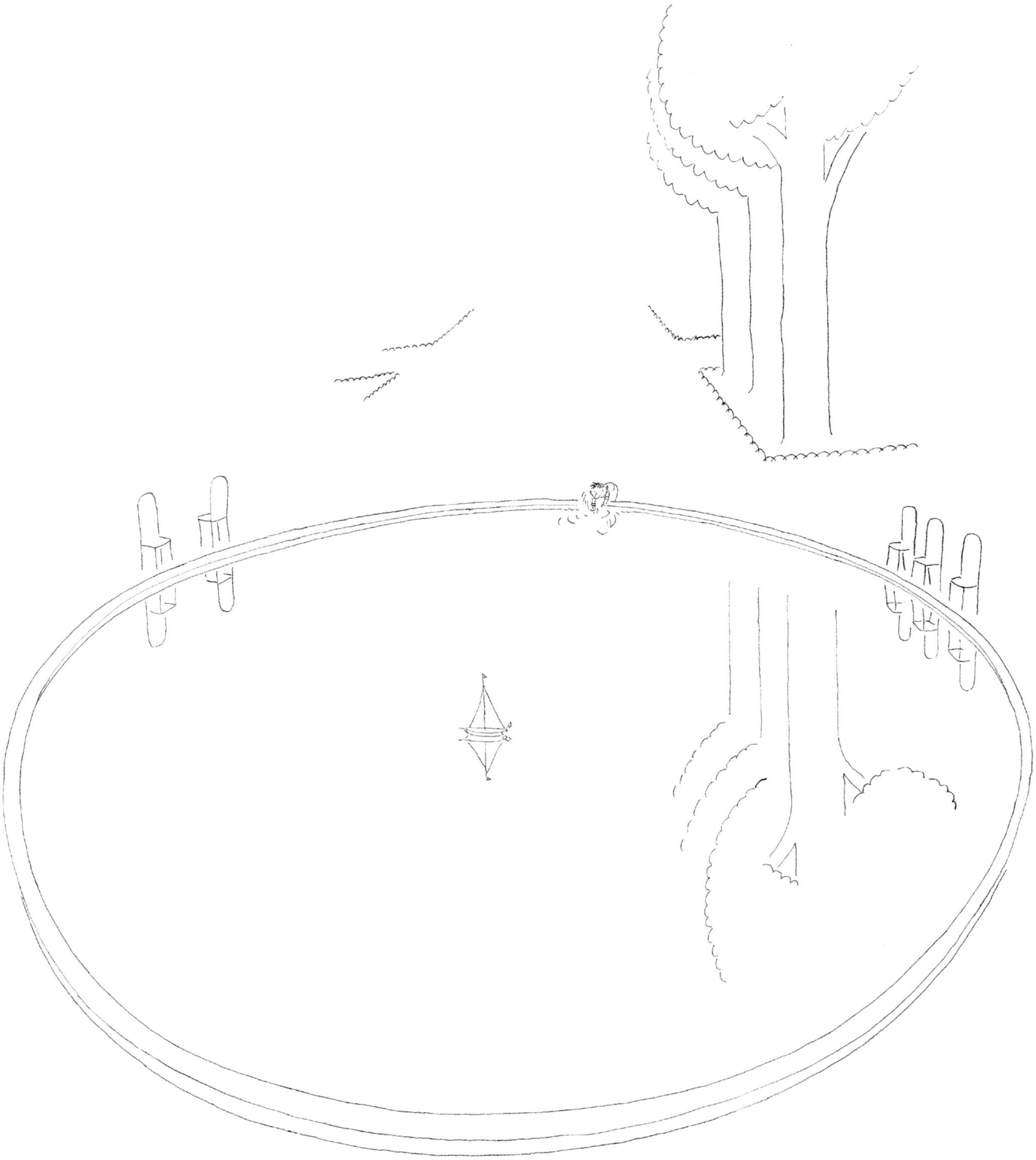

sempé.

SYLVIE
LILI
CAROLINE

Poulenc

Pour la
main
gauche